나의 종이들

나의 종이들

1쇄 발행 2022년 5월 25일

지은이 유현정

펴낸곳 책과이음
출판등록 2018년 1월 11일 제395-2018-000010호
대표전화 0505-099-0411 **팩스** 0505-099-0826
이메일 bookconnector@naver.com
Facebook · Blog /bookconnector
Instagram @book_connector

ⓒ 유현정, 2022

ISBN 979-11-90365-36-9 03810

책과이음 • 책과 사람을 잇습니다!

나의 종이들

사소하고 사적인
종이 연대기

유현정 지음

책과이음

종이 퍼즐을 갖고 노는 나의 모습

익숙한 사물의 힘

모두의 하루는 바쁘다. 손에 쥔 일이 끝나기 무섭게 다음 단계가 차례를 기다리고, 그 흐름에 쫓기다 정작 자신의 마음을 돌보지 못하게 된다. 오늘 어떤 생각을 하고, 과거에 어떤 얘기를 들었으며, 앞으로 원하는 일이 무엇인지 생각하지 않는다. 내가 우울감에 시달리기 시작한 것도 나를 잊게 되면서부터였을 것이다.

나는 쉽사리 일상을 즐기지 못했고, 감정의 흐름을 간과했다. 세상이 원하는 게 내 취향인 것처럼 행동했다. 작가로 유명해지고, 돈도 많이 벌고 싶었다. 그러나 원하는 만큼의 성과를 이루지 못하자 스스로 비참하다 여겼다. 아침에 깨어나는 일이 개운하지 않았고, 사람을 만나는 일도 불편했다. 겉으로 표 내지 않으려고 노력할수록 마음은 힘들어만 갔다. 붐비는 지하철 안에서 굳어 있는 타인의 표정을 보며 다들 그렇게 사는 것이라고 자신을 위로할 뿐이었다.

그러던 어느 날, 우연히 길에서 넘어져 다리를 다치는 바람에 뼈가 골절되고 집에서 혼자 지내는 시간이 길어졌다. 그 기간에는 좀체 사람을 만나지 않게 됐다. 누군가의 말을 듣거나 다른 사람의 글을 읽는 일이 유쾌하지 않아서였다. 그런데 그렇게 혼자 지내는 시간이 내 감정을 차분하게 되돌아보는 계기가 되어주었다.

'나는 왜 이렇게 고민도 많고, 싫어하는 대상도 많을까.'

예전의 나는 굳이 불만 많은 사람처럼 보이고 싶지 않았다. 애써 미소를 지으며 밖으로 다녔다. 많은 사람이 나를 '밝고 무난한 사람'이라 평가했고, 나는 그럴수록 내 안의 피해 의식과 불안을 드러내지 않으려 노력했다. 그런 시간이 쌓이고 쌓여 더는 홀로 버틸 수 없는 지경에 이른 것 같았다. 불편한 감정을 해결하거나 치유할 수단이 필요했다. 그때 마주하게 된 것이 바로 '종이'였다.

나는 종이 위에 내 감정을 여과 없이 토해냈다. 내 마음의 소리를 듣고 싶어서 명상을 시도했고, 현실을 있는 그대로 받아들이면서 감정을 정리하는 법을 배웠다. 비록 이 과정에서 해결점을 찾지 못한 일이 다수였지만, 마음은 이전보다 평온해졌다.

이제껏 모아온 편지, 티켓, 원고 등의 지류는 내 본래의 모습을 들여다볼 수 있도록 도와줬다. 누군가와 함께했던 시간을 회상하면서, 내가 상대방에게 어떤 느낌을 주었는지 짐작할 수 있었다. 과거의 나를 살피는 일은 현재의 내 모습을 파악하는 데도 썩 유용했다. 그러면서 종이와 나 자신이 불가분의 관계라는 것을 깨달았다. 삶이 무기력했던 순간에 선택했던 필사 행위나, 여가를 즐겁게 보내고자 시도한 북아트는 삶의 활력이 되어주었다. 생각해보면 모두 종이와 관련된 취미였다.

내가 밥벌이로 처음 시작한 일은 글쓰기였다. 대학 시절, 미술지 객원기자로 아르바이트를 시작했고, 첫 직장에서도 취재기자로 일했다. 내가 글을 쓴 매체는 공교롭게도 모두 잡지였고, 그렇게 쓴 글은 종이로 출력됐다. 잡지 기자를 그만둔 다음에는 드라마 작가가 되고자 고군분투하며 몇 년간 암흑기를 보냈다. 아쉽지만 그 꿈은 이루지 못했고, 이제 대본을 출력한 A4 용지만 봐도 진절머리가 날 정도이지만, 여전히 그때의 종이들이 내 방 한쪽에 쌓여 있다.

이제 서른 중반이 된 나는 매일 글이 종이 위에 인쇄되어 책으로 변하는 모습을 본다. 고향인 대전에서 인쇄소를 하기로 결심한 일은 내 삶의 전환점이 되었다. 이곳에서 나와 다른 방식의 삶을 사는 사람들을 마주했고, 지금도 그들과 조우하는 법을 배우고 있다. 좁은 골목을 비집고 오가는 사람들을 보며 타인을 위한 진정한 배려는 말이 아닌 행동에서 비롯된다는 것도 깨달았다.

종이는 우리 삶에서 매우 흔하며 익숙한 존재다. 자기가 갖고 있는 종이를 관찰하는 일은 자신의 삶을 이해하는 행위가 된다. 집에 쌓여 있는 폐지를 살펴보면, 그 주에 내가 무엇을 먹고, 쓰고, 생각했는지 유추할 수 있다. 나의 책상, 장롱, 책꽂이에 놓인 종이가 내게 어떤 깨달음을 줄지 모른다. 그것이 곁에 잔존하는 이유는 그 사물과 맺어진 인연이 있기 때문이다. 그 종이를 갖게 된 배경, 그 시간을 함께했던 사람, 그때의 느낌을 회상하며 자신을 돌아볼 수 있다.

　한때 나는 내 삶에서 별다른 성과를 내지 못한 기간을 원망하고 자책하며 보냈다. 하지만 그 시간 역시 귀중했다는 것을 내가 간직한 종이들을 통해 알 수 있었다. 이 책에 담긴 내 삶의 에피소드가 건설적인 삶을 위한 아이디어가 되지는 못할지도 모르겠다. 이제까지의 내 삶이 비계획적이고 평범했으며 사회적 성공과는 거리가 멀기 때문이다. 하지만 자신의 존재가치를 부정당하거나 우울감을 겪는 누군가에게는 분명 좋은 애깃거리가 될 수도 있을 것이다. 지금 그의 곁에도 어떤 '종이'가 놓여 있다면 말이다.

C O N T E N T S

PART 3 **감정의 정리**

PART 4 **평온한 관계**

PART 5 **종이의 일상**

PART 1

종이 속의 나

미	미	의		집					

어린 시절, 대부분의 가정이 그러하듯 우리 집안 형편 또한

풍족하지 못했다. 자수성가로 사업을 일군 아버지는 집보다

는 회사에 많은 투자를 했다. 생활비는 넉넉하지 못했고, 살

림살이는 단출했으며, 당연히 내가 가질 수 있는 물건은 한

정적이었다.

일곱 살 무렵, 다양한 색상을 뽐내는 친구의 크레파스는

내게 크나큰 부러움의 대상이었다. 36색이나 48색 크레파

스를 가지고 그림을 그리는 친구의 손놀림은 놀랍도록 자

유로워 보였다. 스케치가 조금 엉성해도 형형색색으로 색을 칠하면 근사해졌다. 웅장한 궁전의 상단을 각양각색으로 채색하거나 화려한 공작새 날개의 색을 별 고민 없이 칠하는 친구가 부러웠고, 한편으론 그에게 지고 싶지 않았다.

겉으로 아무렇지 않은 척했지만 머리를 굴렸다. 빨간색 위에 주황색, 주황색 위에 노란색, 노란색 위에 녹색 등을 덧칠하며 내가 가진 적은 색상으로도 네 공작새보다 훨씬 아름다운 날개를 표현할 수 있다는 걸 보여주고 싶었다. (생각해보면 아마 피해 의식이었을지 모르겠다.) 하지만 아무리 노력해도 형광 핑크만큼은 대체하기가 불가능했다. 빨간색 위에 덧칠한 흰색은 그저 옅은 빨강일 뿐, 도저히 형광이 될 수 없었다.

"엄마! 나도 48색 크레파스 사주면 안 될까? 정 안 되면 36색이라도!"

아무리 졸라도 소용이 없었다. 아직 크레파스의 각 몸통이 절반 이상 멀쩡하다는 게 근본적 이유였다. 18색을 사용하면 색 섞는 기술을 익힐 수 있다는 논리도 곁들여졌다. 하지만 배색은 어렵고 귀찮은 작업이었다.

갖고 싶은 물건은 크레파스뿐만이 아니었다. 같은 반 친구의 빨간 우비, 모두가 갖고 있다는 인형의 집, 보기만 해도 멋진 롤러스케이트 등 밖에서 집으로 돌아오면 항상 무언가를 욕망했다. 특히 친구 세라의 집에 다녀온 날엔 그 집에서 함께 갖고 놀던 미미의 집이 눈에 아른거렸다. 엄마에게 사달라고 졸랐지만, 엄마는 부엌에서 요리만 하며 들은 체 만체 할 뿐이었다.

내게 인형의 집이 없었던 것은 아니다. 다만 금발의 늘씬한 미미가 살 수 있는 곳이 아닌, 가운뎃손가락 절반만 한 크기의 토끼 인형 네 마리가 사는 토나의 집이었다. 토나의 집은 4절 스케치북 크기라 휴대성은 단연 뛰어났다. 그래서 종종 토나의 집을 들고 놀이터에 갔지만, 한 번도 친구들의 이목을 끌지 못했다. 친구들 집에는 그보다 근사한 인형의 집이 있었으니까. 그걸 갖고 놀고 싶은 마음에 친구 집에 놀러 갈 때마다 눈치를 봤다. 친구가 충분히 갖고 놀다가 흥미를 잃었을 때만 잠시 내 몫이 될 수 있었다. 나는 늘 그 상황이 서러웠고, 그러고 나면 집에 돌아오는 길에 시무룩한 얼굴로 문구점에 들르곤 했다.

"아저씨, 미미의 집 얼마예요?"

"5만 원."

"아저씨, 미미의 집 아직 있죠?"

"응."

"아저씨, 미미의 집 갖고 싶은데, 싸게 살 수 있어요?"

"4만 5천 원!"

매일 가격을 묻고 한숨을 쉬며 돌아서는 일이 반복됐다. 처음엔 엄마에게 매일처럼 미미의 집 가격을 알려줬지만 엄마는 들은 척하지 않았다. (1990년대 초반에 5만 원이면 지금의 15만 원쯤 될 것이다.) 엄마가 사줄 것 같지 않아서 몇 번 조르다가 이내 그만뒀다. 하지만 미미의 집 실루엣은 머릿속에서 쉽게 사라지지 않았다.

어느 날, 갖고 싶은 욕망과 가질 수 없는 현실의 괴리 앞에서 고민하다 나름의 해결 방안을 찾았다. 나는 내 방 벽에 미미의 집을 그렸다. 그것도 실제 2층짜리보다 한 층 더 올려 3층으로 만들고, 침대도 두 개나 놓았다. 다양한 색상의 보석과 왕관이 놓인 화장대도 표현했다. 입체 공간이 아닌 평면이라 내가 가진 미미 인형이 자유롭게 걷고 누울 수 없다는 점이 아쉬웠지만 내 몸을 기울여 인형의 발을 벽에 닿게 하는 식으로 걷는 모습을 연출할 수 있었다. 엄마가 잠시 동생을 데리고 병원에 다녀온 사이, 내 방 벽면의 일부는 크레파스 그림으로 채워졌다.

"너 지금 무슨 짓을 한 거니!"

집에 돌아온 엄마는 그 모습을 보고 기겁했다. 이글거리던 엄마의 눈빛이 벽과 내 얼굴을 번갈아 향하다가 이내 잠잠해졌다. 내가 미미의 집을 그린 것이라고 설명해서였다. 엄마는 더 꾸짖지 않았다. 아마도 인형의 집을 갖고 싶어 안달하던 딸이 벽지에 그림을 그린 게 안타까웠을 것이다.

다음 날, 엄마와 함께 문방구에 간 나는 기쁘게도 내 키의 절반이 넘는 미미의 집을 품에 안을 수 있었다. 혼자 들고

가겠다고 낑낑거리면서도 신이 나서 주체할 수 없었다.

어렵게 손에 넣은 물건일수록 귀중한 법이었다. 매일같이 손수건으로 인형의 집을 닦았다. 미미의 집을 그린 벽지 아래 진짜 미미의 집을 두었다. 내게는 그때 그게 세상에서 가장 소중했다. 한여름에도 홀로 방에서 땀을 뻘뻘 흘리며 미미의 집과 행복한 시간을 보냈다.

"앞으로 벽에 그림 그리는 건 절대 안 돼."

엄마 말에 고개를 끄덕였지만, 내게는 그게 다른 의미로 다가왔다. 벽면이 마치 요술방망이처럼 느껴졌다. 그곳에 그림을 그리면 원하는 보물을 얻을 수 있을 것이라는 희망이 생겼다.

며칠 후, 벽지에 갖고 싶은 사물을 작게 그렸다. 빨간 망토, 기차, 회색 곰 인형 등 친구 집이나 문구점에서 본 물건들이었다. 그런데 아뿔싸! 미미의 집을 그렸던 날과 전혀 다른 풍경이 벌어졌다. 화난 엄마가 회초리를 든 것이다.

그 이후로 더는 벽지에다 갖고 싶은 물건을 그리지 않았다. 그 대신 하얀 스케치북을 펼치고, 갖고 싶은 것들을 그곳에 스케치했다. 그러고는 그것을 일부러 펼쳐두고 잠들었다. 엄마 아빠가 내 마음을 알아줘서 내가 원하는 물건을 사주거나, 나를 어떤 장소에 데려다주기를 바라면서.

90년대 초반에는 미스터, 도미노, 파파존스 등의 피자 전문점이 국내에 많이 들어와 있지 않았다. 피자헛 매장 한 곳이 대전에서 유일한지라 주말에 방문하면 두 시간 이상 대기해야 했다. 자주 맛볼 수 없는 피자를 떠올리며 스케치북에 피자를 그리다 잠든 다음 날, 나는 피자헛 피자를 먹을 수 있었다. 바다를 보고 싶은 욕망도 그림으로 표현했다. 푸른 바다 위로 배 한 척이 떠다니고, 그 아래쪽에선 물고기가 헤엄치는 풍경을 그렸다. 종이 위에 표현된 내 마음을 읽은 부모님은 나를 서해에 데려가줬다. 실제 바다 모습은 스케치북 위에 그렸던 것과 달랐다. 파란색이라기보다 옅은 녹색이었다. 바다가 오염되었기 때문일까. 내가 상상했던 바다의 색과 달라서 실망하고 말았다.

어쨌든 그렇게 종이는 나의 환상을 조금이나마 실현해줬다. 갖고 경험할 수 없는 것을 종이 위에 그렸고, 그 바람을 읽은 부모님은 나에게 종종 그것들을 선물로 줬다. 어렵게 얻은 것들은 내게 한없이 귀했다. 미미의 집보다 새롭고 근사한 인형의 집이 등장해도 전혀 끌리지 않았다. 새로운 피자 브랜드가 대전에 생겨도 피자헛만 좋아했다. (이전보다 피자헛 매장이 드물어진 요즘도 그때의 추억을 회상하며 일부러 그곳에 간다.)

어린 시절, 비록 갖지는 못하더라도 종이 위에 그림 그리는 행위만으로 때론 충분히 행복해질 수 있다는 것을 알게 됐다. 언젠가 가질 수 있거나 언젠가 그곳에 갈 수 있을 것이라는 희망을 담아 이미지를 상상하면 마음이 즐거워졌다. 가만히 생각해보면 연애 감정의 맥락과 비슷한 것도 같다. 사랑이 이뤄지기 전에 썸 타는 시간이 더 짜릿한 것처럼, 물건도 갖기 전의 마음이 더 특별한 것이다. 원하는 것을 갈망하는 과정에는 설렘이 있다. 현대사회에 살면서 소유욕에서 벗어나는 일은 불가능하다. 보는 것이 많아질수록 갖고 싶은 것이 많아져서다. 하지만 더 열심히 일하고 노력한다고 모두 누릴 수 있는 것도 아니다.

성인이 되어 나는 그림 그리는 일에서 점점 멀어졌다. 미술관이나 갤러리에서 그림을 보는 게 전부일 때가 많았다. 종종 현대미술에서 명품 브랜드, 럭셔리 부티크, 고급 요리 등이 표현된 것을 본다. 유명 팝아트 작가들이 자주 차용하는 소재다. 얼마 전 광화문의 미술관에서 영국 현대미술가 필립 콜버트의 전시가 열려 가보았는데, 작품 속에는 내가 한 번쯤 욕망했던 명품 핸드백이 그려져 있었다. 아마도 물질에 대한 현대인의 끝없는 갈망을 담은 메시지일 것이다. 필립 콜버트의 작품을 보면서 어린 시절의 내가 떠올랐다. 벽지에 인형의 집을 그리고, 스케치북에 피자와 바다의 형상을 그리며 그것을 갖기를 갈망하던 시절 말이다.

요즘엔 예전만큼 갖고 싶은 게 없다. 저렴한 물건은 고민하기보다는 바로 사버리고, 살 수 없을 물건은 꿈조차 꾸지 않는다. 언젠가 가질 수 있을 것이라는 상상 자체를 하지 않는다. 살아오며 머릿속에 자리 잡아버린 현실 감각 때문일 것이다. 그럴 땐 무언가를 꿈꾸던 어린 시절의 내 모습이 그리워진다. 가질 수 없다고 해서 꿈조차 꾸지 않는 것은 슬픈 일이다.

NO. 2

따뜻한 허수아비

학교에 입학하기 전까지 나는 그림 그리기를 제일 좋아했다. 한글을 익히기 전엔 사과, 집, 엄마, 아빠 같은 익숙한 사물을 그렸다. 그때는 누구도 내 그림에 대해 '잘했다' 혹은 '못했다' 같은 판단을 내리지 않았다. 하지만 학교에 입학한 순간부터 달라졌다. 집단에 소속되자 모든 행위에 동기가 필요해졌다. 그림을 그릴 수 있는 시간이 줄었고, 글 쓰는 시간이 늘어났다. 글과 그림 사이에는 연관 관계가 분명해야 했다.

027

"뭘 그린 걸까? 제목도 달아보는 게 좋겠어."

"모양을 좀 더 정확하게 하면 알아볼 수 있을 것 같은데……."

학교 수업 시간에 선생님이 내 책상 위 결과물을 보며 말씀하셨다. 더 나은 방향으로 발전시켜보라는 조언이었지만 지적당하는 느낌이 들어 달갑지 않았다. 나는 한글을 떼지 못한 채 입학했고, 선행 학습을 마친 친구들 사이에서 곧잘 비교당하기도 했다. 그래서인지 부족한 점을 지적받는 일이 불편했다. 그나마 유일한 장기라고 생각했던 그림 그리기에서조차 좋은 평가를 받지 못하는 건 우울한 일이었다. 성격이 활발한 편도 아니고 눈에 띄게 예쁜 학생도 아니라서 여러모로 학교에서 뒤처지는 게 스스로도 느껴졌고, 언제부턴가 학교 가는 게 싫었다. 당시 건강이 좋지 않았던 엄마는 두 살 터울의 여동생을 돌보느라 날 위해 신경 쓸 틈이 없었다.

학교에 입학한 지 두 달이 흐른 뒤, 담임 선생님은 내가 학업에 뒤처진다고 엄마에게 귀띔했다. 고민하던 엄마는 동네 선교원에 나를 보냈다. 개척교회의 젊은 목사 부부가 운영하던 곳으로, 종교와 상관없이 유아부터 초등학교 저학년 학생까지 이용할 수 있었다. 그때부터 학교를 마치고 매일 그곳에 갔다. 소정의 회비로 운영됐지만, 형편이 어려운 사람은 무료로 이용할 수도 있었다. 보통 두세 명의 아이들만 있었는데, 갖고 놀 수 있는 장난감은 거의 없었다. 다행히도 동화책과 미술 도구는 있었다.

장난감은 없지만 나는 그곳에 가는 일이 즐거웠다. 마음 따뜻한 목사님 부부를 만날 수 있어서였다. 두 분은 내게 '할 것'과 '하지 말 것'을 강요하지 않았다. 사모님은 주로 학교에서 있었던 일을 물어보거나 친근한 말벗이 되어주셨고, 숙제도 함께 해주셨다.

"그림을 좋아하는구나. 참 잘 그렸네!"
"글씨도 정말 바르게 잘 쓰는구나."

그런 말을 들으면 기분이 좋아졌다. 한글을 완벽하게 익히지 못했을 뿐, 글 쓰는 일 자체를 싫어했던 것은 아니었다. 그곳에서 나는 학교에서 잃었던 자신감을 조금씩 회복해갔다. 방과 후 선교원에 가는 일이 즐거웠다.

창가 테이블은 나의 고정석이었다. 넓은 들판이 시야에 들어오는 근사한 바깥 풍경을 보며 숙제를 하거나 그림을 그렸다. 목사님 부부는 내가 쓴 글의 문장을 교정해줬다. 두 계절이 지나갈 무렵 나는 맞춤법을 거의 완벽하게 익혔고, 학교에서 '참 잘했어요'라는 도장이 찍힌 일기장을 받을 수 있었다.

창밖 너머에 황금빛 들판이 보이던 어느 날, 사모님은 내게 지금도 기억에 남는 특별한 제안을 했다.

"저기 보이는 허수아비로 뭐 좀 만들어볼까? 허수아비를 보면서 느껴지는 감정을 단어로 적어볼래?"
"가을, 흔들흔들, 금색, 들판, 쌀⋯⋯."
"허수아비가 '흔들흔들'이 좋니, '너풀너풀'이 좋니?"

나는 허수아비를 보며 생각나는 단어를 먼저 나열하고, 그것에 접두어와 접미사를 붙였다. 다시 거기에 적합한 형용사를 골라주는 것은 사모님 몫이었다. 그렇게 해서 태어나 처음으로 시를 썼다.

그것으로 끝이 아니었다. 목사님이 4절 도화지 한 장을 책상 위에 놓고, 늘 쓰던 크레파스를 비롯해 팔레트와 수채 물감을 가져오셨다. 스케치북 한가운데 허수아비의 형상을 그리는 일이 내 몫이었다. 크레파스로 분홍색 셔츠를 입은 허수아비를 먼저 그렸다. 밀짚모자는 주황색으로 칠하고, 뒤편의 황금빛 벼는 노란색으로 칠했다.

"이제 물감도 사용해볼까?"

수채 물감 사용이 익숙하지 않아 잔뜩 물을 머금은 붓을 종이 위에 문지르는 나를 보던 사모님이 씨익 웃었다. 사모님은 직접 내 손을 붙잡고 붓의 물기를 조절해 채색하는 법을 알려주셨다. 크레파스로 완벽히 칠하지 못한 배경의 빈틈을 채우려고 넓은 붓으로 채색했다. 노란색과 황토색 물감에 붓을 번갈아 가져다대자, 이내 근사한 주황색 배경이 완성됐다. 사모님은 나의 서툰 붓질을 계속 지켜봐주셨다. 그 눈빛이 부담스럽지 않고 다정하게 느껴졌다. 그날 선교원에 온 아이가 나뿐이라서 가능한 일이었을지도 모르겠다. 종이 위에 칠해진 물감이 마르자 이번에는 빈틈에 얇은 유성 매직으로 시를 옮겨 썼다. 그렇게 약 세 시간 정도 걸려 시화가 완성되었다. 오랜 시간 공들여 무언가를 완성했다는 기쁨이 내게 무한한 자신감과 애정을 더해주는 것 같았다.

집에 가기 위해 밖으로 나서는 순간, 가을비가 주룩주룩 내렸다. 목사님은 흔쾌히 나를 집에 데려다주셨다. 밖으로 나서기 전에 목사님은 먼저 시화가 비에 젖지 않도록 돌돌 말아 고무줄로 고정한 다음, 한 손으로는 우산, 한 손으로는 내 손을 꼭 잡아주셨다. 그림과 나 모두 비에 젖지 않도록 신경 써준 것이다.

집에 와서도 그 시화를 한동안 들여다봤다. 엄마는 내가 그걸 소중히 여기는 모습을 보고는 시화에 맞는 액자를 맞춰주셨다.

1년 후, 목사님 부부가 다른 동네에 교회를 새로 열면서 내가 다니던 선교원은 문을 닫았다. 하늘이 무너지는 것처럼 슬펐다. 그분들이 그리워 몇 번씩이나 그곳을 찾았다. 목사님 부부는 종교인이었지만 내게 단 한 번도 기독교를 믿으로라고 강요한 적이 없었다. 오로지 나라는 사람이 그곳에 머무는 시간에 온전히 행복할 수 있도록 도와주셨다.

"현정이는 어떤 단어가 마음에 드니? 이 문장은 어때?"

잘못된 문장을 고치거나 새로운 내용을 덧붙일 때면 먼저 내 의견을 물으셨다. 그건 분명히 학교에 의무적으로 제출하던 일기장에 표시된 담임 선생님의 빨간 색연필 표시와는 다른 효과가 있었다. 내가 글 쓰는 일에 흥미를 느끼고, 글쓰기 실력이 가장 많이 향상됐던 게 그때였던 것 같다.

'다시 그 허수아비 시화를 볼 수 있다면 얼마나 기쁠까.'

안타깝게도 허수아비 시화는 중학교 때 사라졌다. 이사를 하며 분실한 것이다. 한동안 시화 속 시구를 잊지 않고 외웠는데, 20년이 지난 지금은 내용이 잘 기억나지 않는다. 하지만 목사님 부부와 함께 시화를 만들던 날의 기억은 여전히 선명하다. 창밖으로 보이는 넓은 들판, 추적추적 내리는 비, 그리고 허수아비의 실루엣이 아름다운 이미지로 각인되어, 그 순간을 떠올리면 늘 기분이 좋아진다.

대학생이 되어 국어 과외 아르바이트를 한 적이 있다. 문제 풀이를 할 때 좀처럼 집중하지 못하는 초등학생에게 글짓기를 해보자고 했다. 목사님 부부가 했던 방식대로 먼저 아이가 원하는 단어와 문장을 쓰게 한 뒤, 내가 찾은 새로운 단어를 제안했다. 아이의 의견을 물으며 문장을 조심스럽게 완성했다. 그러면서 서먹했던 아이와의 관계가 개선됐고, 그 덕분에 오랫동안 국어 과외를 할 수 있었다. 아이가 나와 글짓기하는 시간을 즐겨서였다. 나 역시 그 시간이 행복했다. 함께 글을 완성하는 과정에서 목사님 부부가 종이 위에 베풀어주셨던 따뜻한 마음이 어렴풋이 떠올랐다. 나 또한 그 따뜻함을 아이에게 보답하고 싶었다.

"선생님이랑 이렇게 글짓기하는 시간이 세상에서 제일 재밌어요!"

"나도 훈이랑 글 쓰는 시간이 너무 신나."

15년 전에 만났던 정지훈이라는 학생의 이름은 선명하게 기억한다. 하지만 목사님 부부의 이름을 기억하지 못하는 것은 아쉽다. 다른 사람들에게도 늘 목사님, 사모님으로만 불렸기 때문이다. 성인이 되어 그분들의 근황을 수소문했지만 알 수 없었다. 선교원이 있던 자리는 아파트가 들어서며 사라졌고, 이사하셨던 교회도 지금은 사라졌다.

성인이 되고 글쓰기가 밥벌이가 되면서 시간에 쫓겨 글을 쓸 때가 많았다. 내가 원하지 않는 글을 써야 할 때도 있었고, 지금 쓰는 단어와 문장이 딱딱하다고 느껴질 때도 있었다. 그럴 때면 허수아비 시화를 만들던 날의 기억을 떠올렸다. 당시 목사님 부부의 나이가 지금 내 나이쯤일 것이다.

'그분들이라면 내 옆에서 어떤 단어들을 제안해주셨을까.'

아마 유기농 채소처럼 싱싱한 단어를 내게 제안해주셨겠지. 물론 무엇을 쓰고 무엇을 버릴지 선택하는 것은 오로지 내 몫으로 남겨둔 채 말이다. 그분들과 허수아비 시화를 만든 그날의 경험이 없었다면 내게 글을 쓰며 살아가는 삶은 존재하지 않았을지도 모른다.

지금의 나는 어린 시절의 나보다 배운 것이 많아졌고 경험의 폭 또한 넓어졌다. 그때보다 다양한 어휘와 정확한 어법을 구사할 수 있게 됐다. 시간에 비례해 내가 쓴 글의 양도 늘어났다. 그럼에도 이제껏 썼던 글 중에서 내가 가장 귀하게 생각하는 것은 그날의 허수아비 시화다. 오늘도 기억 속의 허수아비를 만나고 싶다.

왼	손	잡	이	의		사	회	화		

나는 왼손잡이다. 태어날 때부터 왼손으로 수저를 쥐는 게 편했고, 공도 왼손으로 던졌다. 모든 일을 할 때 왼손이 먼저 출발했다. 왼손잡이로 사는 데 별다른 불편함은 없었다. 하지만 종이 위에서는 달랐다. 스케치북을 정방향으로 놓고 그림을 그리거나 글씨를 쓰는 일이 불편했다. 스케치북 방향을 90도 정도 돌리고 허리를 틀어야 비로소 작업이 편했다. 글씨를 쓸 때도 마찬가지였다.

"왼손 쓰는 거 고쳐야 해. 학교에서 계속 불편할 거야."

글씨 쓰는 내 모습을 유심히 지켜보던 외할머니가 말씀하셨다. 초등학교 2학년이었지만 그때까지 나는 정작 불편함을 몰랐다. 무럭무럭 덩치가 커지는 나를 보며 외할머니는 다급함을 느끼셨나 보다. 필기를 하거나 밥을 먹을 때 옆사람과 팔꿈치가 닿을 수 있으며, 체육 시간에도 왼쪽을 오른쪽으로 착각해서 혼자 다른 방향으로 움직일 수 있다는 논리였다. '남들과 다르게 왼손으로 쓰면 튀는 행동이라 좋지 않다'라는 옛날식 사고일지도 몰랐다. 초등학교 교사 출신이신 외할머니의 말씀은 엄마에게 설득력을 더했다. 그날부터 나는 오른손으로 글씨 쓰기 연습을 했다.

"어쩜 오른손으로도 이렇게 잘 쓸까? 왼손도 쓰고 오른손도 쓸 줄 아니 천재가 되겠어."

오른손으로 쓰는 일은 불편했고, 녹록하지 않았다. 오른손 쓰기 연습이 짜증이 나다가도 외할머니의 칭찬을 들으면 힘이 났다. '천재'가 될 수 있을 것이라는 외할머니 말씀을 믿었다. 어린 시절에는 양손을 모두 쓰는 나를 부러워하는 친구들이 있었고, 그래서 나름 우쭐하기도 했다.

"우와! 오른손 왼손 다 쓰네. 밥도 양손으로 먹을 수 있어? 글씨도 한번 양손으로 써봐!"

그렇게 양손을 쓸 줄 알게 됐지만, 내게는 손 쓰는 규칙이 있었다. 연필과 붓을 쥐고 무언가 쓰거나 그릴 때는 오른손을, 밥을 먹고 공을 던지는 다소 원시적 감각이 작용하는 활동에는 왼손을 사용했다.

오른손으로 완벽하게 필기를 할 수 있을 때쯤엔 서예학원에 등록했다. 그즈음 집안 형편이 다소나마 넉넉해지면서 우리 집에도 사교육 열풍이 불었다. 그 덕분에 나는 다양한 종류의 학원을 섭렵할 수 있었다. 당시 학교 수업이기도 했던 서예를 배우게 된 것도 자연스러운 수순이었다. 나 또한 평소 집에서 취미로 서예를 하는 외할머니 모습이 멋져 보여 흔쾌히 가게 됐다. 일주일에 두 번 서예학원에 갔다. 그러나 서예를 배우는 게 처음부터 재미있던 것은 아니었다.

"허리 꼿꼿하게 펴고, 손목은 바닥에서 떨어뜨리고, 붓을
똑바로 세우고……."

원장님은 시중에서 파는 먹물이 아니라 자기가 직접 먹
을 갈아서 만든 먹물을 쓰라고 지도했다. 생각보다 먹을 가
는 게 힘이 들고 신경질이 나서 나는 곧잘 입술을 샐쭉하곤
했다. 20분 정도 먹을 갈아야 겨우 하루 수업이 가능한 분량
을 만들 수 있었다. 하지만 정작 먹을 갈고 나서 이제 붓을
잡으려면 이미 체력이 다 소진된 것 같았다. 한참 동안 놀이
터에서 뛰어놀다 서예학원에 가는 날이 많아서 그렇기도 했
을 것이다. 학원에는 보통 일곱 명의 학생들이 있었는데 연
령층은 다양했다. 나 같은 초보자부터 한문 작품을 쓰는 성
인까지 실력도 천차만별이었다. 나는 먹을 갈다 다른 사람
들이 글씨 쓰는 모습을 물끄러미 쳐다보곤 했다. 그러면서
나도 어서 그들처럼 능숙하게 쓰는 날을 꿈꿨다.

'바르게 인사하기. 소리 없이 문 닫기. 물을 조금만 틀어 붓 세척하기.'

서예학원에는 지켜야 하는 규칙도 많았는데, 그걸 지키기가 마음처럼 쉽지 않았다. 인사할 때 90도가 아닌 60도로 허리를 굽히거나 고개만 까딱거리다 혼나기 일쑤였다. 문을 조용히 닫는 것도 어려웠다. 바람이 몰아쳐 문소리가 크게 나지 않도록 문고리를 끝까지 주시해야 했다. 수도꼭지를 조금만 트는 것도 습관이 잘 안되어서 집에서 손 닦을 때처럼 수도를 틀면 학원 안의 모든 시선이 한순간에 내게 쏠렸다. 부끄러운 마음에 늘 구석 세면대에서 물이 '쫄쫄' 나오게 주의해서 붓을 세척했다.

온종일 밖에서 그네를 타고 널뛰기를 하다가 서예학원에 도착하면 나는 완전히 다른 사람처럼 행동했다. 원장님은 책상에서 본인 작업을 하는 와중에도 내가 어떤 행동을 하는지 모두 알아챘다. 마치 뒤통수에도 눈이 달린 것처럼.

함께 학원에 다녔던 혜민이라는 친구는 활발하고 자유분방한 성격이었다. 어느 날 혜민이가 원장 선생님의 잔소리를 참지 못하고 물을 콸콸 틀고 문을 세게 닫았다. 더운 날씨에 먹을 갈다가 힘들어 잔뜩 화가 난 것이다. 원장 선생님이 즉시 크게 꾸짖었지만 잘못했다는 말을 끝까지 하지 않았고, 분을 참지 못한 채 땀을 삐질삐질 흘리며 밖으로 나가 다시는 돌아오지 않았다. 학원을 그만둔 혜민이를 보며, 나도 따라서 그만두어야 하나 한참 고민했다. 서예를 한 지 석 달쯤 되었을 때였다. 그전까지 혜민이와 종종 불만을 토로해왔지만, 곰곰 생각해보니 이대로 그만두고 싶지 않았다. 밖에서 신나게 떠들고 놀다 서예학원에 들어오면 마음이 차분해졌다. 먹을 가는 일은 힘들고 지겨웠지만, 적어도 붓을 잡을 땐 흥분되었다. 어렵게 얻은 먹물로 글씨를 쓰면 뿌듯했다. 화선지에 글씨가 번지지 않도록 조심스럽게 획을 긋는 일도 스릴 있었다.

마음을 다잡고 꾸준히 서예학원에 다녔다. 비나 눈이 와도 학원에 빠지는 일은 없었다. 먹을 가는 시간이 절반으로 줄었고, 사용하던 붓은 세 번이나 교체했다. 선 긋기를 떼자 자음과 모음을 쓸 수 있게 되었고, 궁서체로 문장을 쓰는 진도까지 나아갔다. 못내 고약해 보였던 원장님이 실은 좋은 사람이라는 것도 깨닫게 됐다. 늘 흐트러지지 않은 자세로 붓을 잡은 원장님의 모습이 선비 같았다. 옳은 말만 하셨고, 예의 없는 사람에 대해서만큼은 호되게 꾸짖으셨다.

그곳에서 2년 정도 서예를 배웠다. 초등학교 5학년이 되었을 때는 대전의 동춘당이라는 유적지에서 열린 휘호 대회에도 나갔다. 다수에게 수여하는 입선 상장이었지만, 그걸 받고 뛸 듯이 기뻤다. 더 열심히 하고 싶은 의지가 생겼다. 서예에 관심이 깊어져서 방학 때는 충남 예산에 있는 추사 김정희 선생님 생가에도 다녀왔다. 내 눈으로 제대로 읽을 수 있는 한자는 별로 없었지만 그래도 작품을 뚫어지게 쳐다봤다. 추사의 기운을 받아서 어서 나도 멋진 글씨를 쓰고 싶었다.

그러다 서예를 그만둔 것은 학업 때문이었다. 미술 분과에 불과한 서예를 지속하는 것보다는 국영수에 집중하는 게 대학 진학에 유리했으니까. 나를 비롯한 아이들 대부분이 그런 이유로 서예학원을 떠났다.

지금 나의 왼손과 오른손 사용 비율은 반반이다. 밥을 먹을 때는 양손을 쓰고, 공을 던질 때는 왼손을 쓴다. 왼손잡이로 태어났지만 오른손도 사용하는 현재의 삶에 감사하다. 일상생활에서 양손을 사용할 수 있다는 것에는 장점도 많다. 예를 들어 작은 꼼수를 부릴 수 있다. 고깃집에 있는 가위는 오른손잡이를 위해 제작된 것이 대다수라서 왼손으로 가위질을 하면 고기가 잘 썰리지 않는다. 그래서 왼손잡이라고 말하면 회식 자리에서 고기 안 굽고 편하게 고기를 먹을 수 있고, 식당에서 내가 싫어하는 사람이 옆에 앉으면 자리를 피할 구실도 된다. 왼손으로 식사하면 옆 사람이 불편할 수 있다는 것을 핑계로 자리를 바꾸면 되니까.

물론 글씨 쓰는 일만큼은 오른손이 훨씬 편하다. 서예를 배운 시간이 오른손으로 글씨 쓰는 일에 완벽해질 수 있던 계기가 된 것은 분명하다. 그러나 생각해보면 태생이 왼손잡이인 내가 오른손을 사용하게 된 원인은 다름 아닌 종이였다. 남들과 같은 방식으로 노트에 글씨를 쓰고 싶은 마음이 있었다. 노트를 기울이고 왼손으로 글씨를 쓰는 내 모습을 사람들이 희한하게 보는 건 싫었다. 오른손으로 글씨를 쓰려고 한 것은 일종의 사회화를 위한 노력이었던 셈이다. 사람들 사이에서 튀지 않고 무난하게 지내기 위한.

"왼손잡이신가 봐요?"

오른손으로 글씨를 쓸 줄 알게 되면서 이런 질문을 받을 확률이 절반 이하로 줄어들었다. 밥을 먹을 때만 내가 왼손잡이라는 게 드러난다. 관심을 갖고 내 행동을 살펴야 알아챌 수 있다. 보통의 오른손잡이로 태어난 사람은 양손을 쓸 생각을 하지 않을 것이다. 왼손잡이로 태어난 사람 중 일부가 오른손 쓰는 연습을 한다. 남들처럼 보이기 위해서다. 어쩌면 내가 양손잡이라는 사실은 평범한 삶을 살기 위해 노력했다는 증거인지도 모른다.

종	이	의		권	위				

같은 자리에서 같은 종류의 책을 펴놓고 누군가의 지시를 따르는 순간이 있다. 학교 수업 시간이다. 학생들이 교실 안을 빽빽이 채우고 있고, 선생님 한 분이 모든 학생을 통솔한다. 학교에는 규율이 필요하며, 학생의 행동은 평가 대상이다. 어떤 성향을 지니고 있고, 교우 관계는 어떠하며, 성적은 어떤지 등을 관찰하고 평가하고 기록한다.

90년대 초반은 컴퓨터 사용이 일반화되지 않아서 모두 수기로 작업을 하던 시절이었다. 선생님은 늘 학생들의 움직임을 유심히 살피고, 쉬는 시간에도 펜을 들고 뭔가를 기록했다. 선생님이 눈으로 관찰하고 직접 쓴 그 천편일률적이지 않은 기록에는 고유성이 있었다. 명랑하며 잘 뛰어노는 학생, 곤충에 호기심이 많은 학생, 시선이 자꾸 딴 곳을 향하는 학생, 음악 시간에 유독 목소리가 커지는 학생 등. 어쨌든 그것도 평가인지라 아무리 자유로운 사고를 하는 어린이라도 학교 안에서 제멋대로 행동할 수는 없었다.

"표창장은 친구들을 위한 마음 씀씀이가 예쁘고, 성실한 학생에게 줄 거예요."

학교에 입학한 지 얼마 안 돼 내가 선생님께 잘 보이고 싶었던 이유다. 학교에는 차별이 존재하기 마련이다. 성적이 우수하고 바른 행동을 하는 학생에게 선생님이 신뢰를 느끼는 게 당연했다. 어른이 되니 비로소 공감할 수 있었지만, 모두 다 사람이 하는 일이기 때문이다.

표창장은 학업에서 두각을 나타내지 못하고, 친구들한테도 별 인기가 없던 내게 모종의 기회로 느껴졌다. 어떻게 하면 표창장을 받을 수 있을지 고민하던 내 눈에 신발장 구석에 쌓인 먼지가 들어왔다. 다른 아이들은 청소 시간에 마지못해 책상을 밀고 끌며 겉으로 드러나는 곳만 청소했다. 저 구석에 쌓인 먼지까지 청소하면 좋은 점수를 받을 수 있지 않을까. 마치 그게 나를 위한 절호의 기회처럼 느껴졌다.

나는 먹이를 노리는 하이에나처럼 청소 시간 막바지가 오기를 기다렸다. 마지막으로 선생님이 복도까지 잘 닦았는지 점검하는 순간, 서둘러 신발장 구석에 빗자루를 들이댔다.

"여러분, 이것 보세요. 청소는 보이는 곳만 하는 게 아니에요. 내 집처럼 생각하면서 이렇게 구석까지 열심히 해야 해요."

선생님이 나를 가리키며 말했다. 1학기를 얼마 남겨놓지 않은 시점이었다. 그날부터 매일 시커먼 신발장 구석에 고여 있는 먼지를 정리하는 게 일이었다. 먼지라는 게 쓸고 닦아도 계속해서 쌓인다는 것을 그때 깨달았다. 신발장은 나만의 성역처럼 느껴졌고, 다행히(?) 그곳을 청소하려고 탐내는 사람은 없었다.

그러나 신발장 청소는 날이 지날수록 주목받지 못했다. 배움의 전당이라는 학교의 특성상 학업에 두각을 나타내는 학생에게 우선적으로 칭찬이 쏟아지는 것은 어쩔 수 없었다. 수학 시간에 덧셈과 뺄셈을 척척 푸는 짝꿍을 보니, 착한 일만 한다고 상장을 받을 것 같지는 않았다. 어느 정도 공부를 잘하는 것도 필요했다. 그날부터 방과 후 놀이터에 들르는 대신 곧장 집에 가서 열심히 숙제를 하기로 결심했다. 빳빳한 종이에 굵은 금색 테두리가 있는 멋진 표창장을 받는 날을 상상하면 공부에 대한 열정이 샘솟았다.

나름의 전략을 짰다. 어렸을 때부터 젬병이던 수학 과목에서는 두각을 나타낼 수 없을 것 같아 국어에 집중했다. 짜증스럽던 맞춤법을 익히고자 노력했다. 일기 분량도 조금씩 늘려 썼다. 그렇게 우등생이 되었지만 아쉽게도 표창장은 내 손에 들어오지 않았다. 미처 발견하지 못한 경쟁자가 있었다. 매일같이 꽈배기 모양으로 머리를 땋고 학교에 오던, 건너편에 앉아 있던 우등생 여자아이였다. 그 아이가 나보다 학급에서 주목받는 학생인 것은 분명했다. 어쨌거나 나는 내심 큰 충격을 받았고, 그날부터 신발장 청소를 멈췄다. 공부하는 대신 놀이터에서 실컷 뛰어놀았다.

"종이 한 장이 뭐라고 그렇게 상심을 해. 아빠가 하나 만들어줄까?"

아버지가 내 얘기를 듣고 말씀하셨다. 하지만 그런 건 싫었다. 더 두꺼운 종이와 멋진 디자인으로 상장을 만들 수 있을지는 몰라도 그것과 실제 표창장은 엄연히 달랐다. 빠진 요소가 있었다. 바로 분위기다. 조회 시간에 이름이 호명되고 손뼉을 치는 친구들 사이에서 상장을 받을 때 으스대는 묘미가 있는 것이다. 그런 분위기가 생략된 상은 의미가 없었다.

학년이 올라가며 개근상, 학급우수상, 과목우수상 등 상장의 종류는 훨씬 다양해졌다. 덩달아 상장 디자인도 화려해졌다. 금상, 은상, 동상으로 나뉘는 학급우수상의 경우엔 금·은·동색의 스티커가 상장 상단에 붙었다. 나는 상장을 받는 것에 만족하지 못했고 그것들을 서로 비교했다. 자연스레 그 다양한 종이의 컬렉터가 됐다. 상을 받기 위해 더 열심히 노력하고 공부해야 했다.

상장이 목표가 되면서부터 나도 모범생이 될 수 있었지만 부작용도 생겼다. 장기적인 목표에 대한 갈망이 옅어졌다. 다른 친구들이 장래 희망으로 우주비행사, 대통령, 디자이너 등과 같은 특별한 직업을 얘기할 때 내 머릿속엔 별다른 생각이 떠오르지 않았다. 오직 이번 학기 시험을 잘 보거나 어떤 과제를 훌륭하게 해내서 상장을 받고 싶은 마음뿐이었다. 특별히 되고 싶고 하고 싶은 직업이 없었다. 마음껏 군것질할 수 있는 슈퍼 사장이 되고 싶었으나 그렇게 적을 수는 없었다. 통통한 편이라 '돼지'라는 별명이 붙을까 봐 걱정되었다. 무난하게 '선생님'이라고 적었다. 그나마 가까운 곳에서 보니 잘 아는 직업이라서였다.

고등학교를 졸업할 때까지는 내가 받은 상장들을 차곡차곡 파일에 넣어 보관했다. 한동안 잊고 지내다 대학교를 졸업할 때쯤 이력서를 쓰면서 경력이 될 만한 자료를 정리하다가 모아둔 상장이 생각났다. 책꽂이 하단을 차지하고 있던 상장이 그때는 아무짝에도 쓸모없게 느껴졌다. 더 이상 누구에게 보여주거나 자랑할 일도 없고, 딱히 취업할 때 필요하지도 않았다. 공간만 차지하는 것 같아서 파일에서 상장을 한 장씩 꺼내 버렸다.

내가 집착했던 권위의 상징 같은 종이가 폐지의 대상이 된 순간, 상장을 받기 위해 아등바등하던 시절이 떠올랐다. 한때 그토록 갈망했던 상장이 거추장스러운 존재로 전락한 사실이 씁쓸하기도 했다. 그러다 문득 그런 생각이 들었다.

'그때 나는 선생님들에게 어떤 학생으로 기억됐을까?'

당시 내게 가치 있게 느껴진 것은 화려하게 장식된 상장이었지만, 생각해보면 나라는 개인의 특징에 대한 기록이 더 가치 있었을지 모르겠다. 나의 취향, 건강 상태, 습관 같은 것들 말이다. 어쩌면 권위는 내 손에 쥐어졌던 빛나는 상장이 아니라, 어딘가에 남아 있을 묵묵하고 세밀한 기록에 담겨 있다고 생각하니, 이번 주말에라도 졸업한 학교에 가서 그 오래전 기록을 찾아보고 싶어졌다.

타	인	의		시	선				

사회 속에서 사람들과 더불어 살아가려면 주변을 의식하지
않을 수 없다. 나 역시 청소년기를 지날 때는 말투와 옷차림,
행동 등에 민감했고, 다른 사람들을 좇아 치마 길이를 맞추
고 한 시대를 풍미하던 가방 브랜드와 머리핀 등으로 치장
했다. 모든 면에서 다른 사람과 비슷하게 보이도록 꾸미는
일이 중요했다. 그게 유행이라고 생각했고 또래집단의 스타
일을 따랐다. 지금도 거리에 몰려다니는 학생들의 모습을
보면 내가 학교에 다니던 때와 별반 다르지 않은 것 같다. 늘

서로 비슷한 모습으로 어울려 다니니까. 그러고 보면 유행이라는 게 개성은 아닌 셈이다. 어쨌든 당시의 행동 패턴은 내 가치관에 영향을 미쳤고 글 쓰는 성향에도 반영됐다.

중학교 시절에는 글짓기 대회에 참가하는 일을 좋아했다. 처음엔 입상하지 못했지만, 시간이 흐르며 수상할 확률을 높일 수 있는 방법을 깨달았다. 한마디로 상대가 원하는 결론대로 쓰면 유리했다.

'원자력 글짓기'는 원자력 에너지를 옹호하는 내용을 전개하면 됐다. 거꾸로 그것의 위험성을 폭로하는 건 입상에서 멀어지는 방법이었다. 주최자가 원자력문화재단이기 때문이다. 한글날을 기념하는 행사의 일환인 글짓기 대회에서는 한글의 우수성에 관해 서술하면 되었다. 영어가 세계 공용어가 되고 있다거나 한글의 단점을 굳이 지적하는 것은 금기였다. 결국 어떤 글짓기 대회에서든 주최 측 입맛에 맞게 쓰는 일이 중요했다. 마구잡이로 내 생각을 술술 썼던 글짓기에서 입상을 한 적은 없었다. 과월호 입상작을 미리 구해 읽는 일도 필수였다. 수상작 패턴을 분석하고, 그것에 맞춰 작성한 글은 분명히 어느 정도 성과가 있었다. '모방은 창조의 어머니'라는 말을 떠올리며 수상작을 열심히 읽었다.

'나는 글을 잘 쓰는 사람이야!'

과거엔 그런 노력이 나의 글짓기 능력을 성장시켰다고 굳게 믿었다. 《안나 카레니나》《모비 딕》《제인 에어》같은 소설을 읽고 내 생각을 정리하는 데 멈추지 않았다. 머리말, 서평, 타인의 독후감을 읽으며 타인의 글과 내 감상을 비교했다. 그 과정에서 다양한 사람의 의견을 살펴볼 수 있다는 장점이 있었지만 단점도 분명했다. 타인의 의견을 폭넓게 관찰하는 게 아니라 쉽사리 우열을 따지는 습관이 생겨버린 것이다.

대학 시절에도 시, 문학보다 경제서, 미술 평론 쪽의 책을 더 좋아했다. 그때는 사실에 근거한 판단이나 정보성 글을 읽는 게 글쓰기 능력을 끌어 올리는 데 도움이 된다고 믿었다. 그 과정은 잡지 기자 일에 주효했다. 경제 기사를 쓸 때는 먼저 근거가 될 만한 통계와 정보를 수집했고, 미술가 인터뷰 기사를 쓸 때도 내 주관이 개입되는 것을 최대한 배제

할 수 있었다.

기사를 능숙하게 쓰게 되면서 다른 장르에도 도전했다. 즐겨 보는 영화, 드라마, 소설 등의 작법을 익힌다면 무엇이든 잘 쓸 수 있을 것이라 믿었다. 그래서 과감하게 도전했다. 신춘문예에 소설 작품을 응모하고, 드라마 공모전에 대본을 제출했다. 서강대역 근처에서 소설가의 작법 수업을 듣고, 합평을 받고, 수없이 글을 고쳤다. 늘 접수 마감 직전에 허겁지겁 신문사에 원고를 건넸다. 막바지에도 수정하고 싶은 문장이 많았고, 제출하는 순간까지 만족하지 못했다.

드라마 대본을 쓰던 기간에는 생계와 관련된 일에서 완벽히 멀어졌다. 아침부터 밤까지 오로지 대본 쓰는 일에만 골몰했다. 가족들은 그 열정으로 차라리 공무원 시험을 준비하면 합격할 것이라고 비아냥거렸다. 하지만 나 자신이 이만큼 노력하고 있기에 시간이 흐르면 성과를 낼 수 있는 날이 올 것이라 믿었다. 호기롭게도, 내 자질에 대해 조금도 의심하지 않았다.

그러나 수상의 영광은 쉬 돌아오지 않았다. 탈락을 거듭하는 시간이 흐르며 대충 넘겨듣던 지인의 피드백에 더 집중했고, 그러다 내 특징을 깨닫게 됐다. 나에게는 창작자 기질이 부족했고, 남들과 다르게 생각하는 일에 둔감했다. 매일 쏟아지는 수많은 이야기 속에서 이목을 끄는 것은 차별성이었다. 모두가 공감할 만한 레퍼토리가 아니었다. 사회의 시선을 중시하고 타인의 의견을 취합해 모두가 수긍할 만한 결론을 내는 일과는 달랐다. 가끔 그런 생각을 했다.

'만약 내가 어렸을 때 글짓기 대회 수상을 위해서가 아니라 오직 나를 위해 내 방식대로 나만의 글을 자유롭게 썼다면 어땠을까.'

그랬다면 지금보다 특별한 스토리를 만들어낼 수 있었을지 모른다. 독특한 감각을 자랑하는 시를 짓고, 기막힌 스토리로 웹소설을 창작하는 친구를 보면 늘 부럽다. 작법 틀에 얽매이지 않는 그들의 방식은 분명 나와 다른 과거의 습관에 기인할 것이다.

'사람들이 싫어할 수 있겠어.'

'세련된 결말은 이렇지 않을 거야.'

'하이라이트가 이쯤에 있으면 가독성이 떨어지지 않을까?'

그때 나는 타인의 시선을 끊임없이 의식했다. 오탈자를 그냥 넘기지 않게 되고, 흠 하나 없이 완벽해야 한다는 강박에 사로잡혔다. 시간에 쫓기며 모니터 앞에서 썼던 많은 글이 '돈'과 연관되어 있었기 때문이다.

그러나 손으로 쓴 글은 달랐다. 일기나 편지처럼 손으로 직접 쓴 글이 돈과 연관된 적은 없었으니까. 그건 오로지 나를 위한 글이었고, 불특정 다수에게 보여줄 일도, 평가받을 일도 없었다. 그때의 내 감정, 그 순간 특정한 상대에게 하고 싶은 말을 좌고우면하지 않고 쓰면 되었다. 거기에는 지은 잘못을 고백하고 죄 사함을 받는 고해성사와 비슷한 간절함과 진실함 같은 것이 있었다.

잘나가는 작가가 되는 일에 대한 미련이 없는 요즘, 나는 손으로 글쓰기를 즐긴다. 쓰다가 마음에 들지 않으면 줄을 쫙 긋고 바로 옆에 다시 쓴다. 맞춤법이 맞았는지 틀렸는지도 찾아보지 않는다. 누군가의 시선을 의식하지 않으니 흐름이 자유롭고 결말도 제멋대로다. 그렇게 완성된 글을 읽다 보면 내가 쓴 것 같지 않은 순간도 있다. 내면에서 튀어나온 의외의 말에 깜짝 놀라기도 한다. 간혹 사전에도 없는 단어들을 쓰면서 야릇한 쾌감을 느낀다. 홀로 그런 시간을 즐기던 어느 날, 미술가 차학경이 쓴 《딕테》가 떠올랐다. 미술사를 공부하면서, 탈장르 문학으로 간주되던 그 글의 모음을 처음 읽었다. 세밀하면서도 조잡하고, 거친 시적 언어의 형상이 새롭고 경이로웠다. 문득 그의 글들이 자판이 아닌 펜을 쥔 채 움직이는 지면 위에서 탄생했을 것 같다는 생각이 들었다.

손으로 글을 쓰는 시간은 언제나 행복하고, 나는 이내 그 상황을 즐기게 된다. 언젠가 재밌는 글을 다시 쓸 수 있을 것이라는 기분 좋은 기대를 품고서.

PART 2

수집된 종이들

닿	고		싶	은		곳	들			

아홉 살 때쯤이었나. 어느 날 우체국 앞을 지나다 멈칫했다. '1994년 세계 우표 전시회' 기념우표 출시 포스터가 붙어 있었는데, 몇 마리 학이 하늘 위를 날아다니는 포스터 속 이미지가 고귀하고 아름다워 보였다. 그전까지 편지를 부칠 때 사는 영수증쯤으로 여겼던 우표가 그걸 보니 예술품처럼 느껴졌다.

이틀 후, 우표를 사기 위해 우체국을 찾았다. 기념우표는 낱장뿐 아니라 우표첩 형태로도 판매되고 있었다. 장당 130

원짜리 우표가 10장으로 묶여 있는 형태의 우표첩을 구매했다. 당시 일주일 용돈이 2천 원이었으니까 용돈의 절반 이상을 쓴 셈이다. 그 주에 가능한 군것질을 줄여야 했지만 후회는 없었다. 우표를 들여다보기만 해도 뿌듯했다. 친구들은 치토스와 국진이빵 같은 간식을 사 먹으며 딱지나 스티커를 모았다. 나는 그 대신 기념우표를 샀다. 서로가 가진 딱지와 스티커를 뽐내는 친구들 앞에서 나의 기념우표가 절대적 우위에 있는 사물처럼 느껴졌다. 그때부터 여유가 생길 때마다 우표를 사 모았다. 일부러 집에서 먼 거리에 있는 우체국 앞을 지나 우표 출시일을 확인했다. 그러던 어느 날, 집 앞 문구점에서도 기념우표를 판다는 소식을 듣게 됐다.

"아저씨, 저 우표 좀 보여주세요!"

문구점 사장님이 씩 웃으며 꺼내준 우표 앨범은 그야말로 신세계였다. 내가 태어나기 전에 발간된 우표부터 최근의 우표까지 한데 모여 있었다. 몇 권의 우표 앨범 안에 있는 기념우표 중 원하는 것을 한 장씩 선택해 구입할 수 있었다. 우표에 쓰여 있는 가격과 실제 판매가는 달랐다. 기념우표가 갖는 희소성 때문이었다. 표기된 가격보다 훨씬 높은 500원, 1천 원, 2천 원 등의 가격으로 분류되어 있었다. 명절에 어른들에게 받았던 용돈은 우표를 사는 데 요긴하게 쓰였다. 교황 요한 바오로 2세 방한 기념(1984), 한국 미술 5천년전(1980), 제29회 세계야구선수권대회(1982) 등은 당시 수집한 것 중 고가에 속했다. 장당 2천 원이 넘어서 구입할 때 상당한 고민이 필요했다.

참새가 방앗간에 들르는 것처럼 매일 문구점을 찾아가 기념우표를 살폈다. 보통 한 번 가면 20분 넘게 우표를 구경했다. 문구점은 두 사람이 동시에 드나들기 불편할 정도로 좁은 크기였다. 2평 남짓한 공간에 천장까지 물건이 가득 쌓여 있었다. 사는 날보다 사지 않는 날이 더 많았지만, 사장님은 늘 친절하게 웃으며 선반에 있던 우표 앨범을 꺼내서 보여주었다. 한 장을 사더라도 작은 비닐 봉투에 정성스럽게 포장해서 건넸다.

우표첩을 살피면 타임머신을 타고 다른 세상을 여행하는 것 같기도 했다. 어렸을 때는 제대로 된 여행은 가본 적이 없었다. 서울을 가본 것도 한 번뿐이었다. 드라마 속 배경이기도 한 서울에서 일어나는 소식을 우표 속의 정제된 이미지로 보는 게 흥미로웠다. 당시 〈서울의 달〉이라는 TV 드라마가 흥행하며 서울에 대한 환상이 커지던 시기였다.

집게손가락 한 마디 크기에 불과한 우표는 서울은 물론 세계 곳곳에서 일어나는 핫한 소식을 내게 알려줬다. 우체국 앞에 붙은 포스터를 통해 국내의 기념일, 행사, 사건 소식을 팔로우업했다. 인터넷이 없던 시절이라 텔레비전 뉴스로만 알 수 있는 정보인 시대였다. 우체국 앞 포스터를 통해 그런 소식을 접했고, 다수가 모르는 소식을 나만 먼저 아는 것 같은 우월감이 느껴졌다. 무엇보다 또래가 가지지 못한 사물을 소유하고 있다는 자부심이 있었다. 친구들이 브랜드 가방과 운동화 등을 뽐낼 때마다 부러워하지 않고 내 우표첩을 떠올렸다. 사치품은 돈만 있으면 나중에 얼마든지 구입할 수 있지만, 기념우표는 다르다고 생각했다. 한정된 사물이라 훗날 돈 주고도 사지 못할지 몰랐다. 그 시절의 우표는 평범했던 나를 타인과 차별화되는 존재라고 여기게 해준 사치품이었는지 모른다. 스스로 우표를 수집한다는 사실을 떠들고 다녔다. 대학교 때는 사이가 소원해진 이성에게 내가 아끼던 기념우표를 붙인 편지를 보낸 적도 있었다.

"내가 어렸을 때 가장 아끼던 기념우표를 붙였어. 내가 지금 가장 아끼는 사람이 너인 것처럼."

그 편지를 발송한 후 사이가 멀어졌던 상대방과 다시 좋은 관계를 회복할 수 있었다. 나의 간절함이 기념우표 덕분에 더 잘 전달된 것 같았다.

우표와 함께 종종 산 것은 크리스마스 씰이다. 매년 대한결핵협회에서 발행하는 씰은 우표 형태지만, 사용 가치가 없었다. 액면가가 적혀 있지 않아서다. 씰은 1904년 덴마크 코펜하겐에서 최초로 발행됐다. 결핵 환자가 급속도로 증가하던 유럽에서 결핵 퇴치 사업을 위해 시작한 일이 전 세계로 확산된 것이다. 우리나라는 1932년, 캐나다 선교사 셔우드 홀에 의해 최초로 발행됐다. 겨울방학을 얼마 남겨두지 않은 때가 다가오면 선생님은 늘 이렇게 말씀하셨다.

"씰 구매할 사람 손 들어봐요."

그때 손을 들면 내가 남을 도울 줄 아는 착한 사람이 된 것 같았다. 기념우표는 소유하는 만족감이 있지만, 씰 구매는 누군가를 위한 배려가 담긴 사물이었다. 씰은 낱장이 아니라 열두 장이 합쳐진 한 장으로 판매했다. 캐릭터, 동물, 식물 등의 소재를 활용한 다양한 디자인으로 구성됐고, 매년 디자인이 달랐다. 스티커 같은 아기자기한 디자인 덕분에 문구류 같은 느낌이 있었다. 연말에 친구들에게 편지를 부칠 때 우표 옆에 씰을 한 장씩 붙였다. 나도 친구들에게 씰이 붙은 편지를 받곤 했는데, 일반 우표만 붙은 편지를 받을 때보다 특별한 기분이 들어 좋았다. 포장이 잘된 선물을 받은 것 같다고나 할까.

누군가로부터 받은 씰과 우표는 버리는 게 아까워 우표첩에 고이 간직했다. 흔적 없는 새 우표보다 스탬프가 찍힌 우표에 더 애착이 가기도 했다. 이미 사용한 것은 누군가에게 다시 보낼 일이 없어 완전한 내 것이 된 기분이었다. 우표에 찍힌 스탬프는 제 소명을 다한 사물이라는 상징이기도 했다. 희소가치를 이유로 앨범 안에서 좀처럼 밖으로 나오지 못하는 기념우표와 달리 자신의 역할을 완벽히 해낸 일반 우표는 그 나름의 가치가 있었다.

쓸모를 다한 우표만이 갖는 또 다른 개성도 있었다. 우표 앞면에 찍힌 스탬프는 사람의 손으로 찍은 것이라 모양이 제각각이었다. 각기 다른 스탬프의 모양을 관찰하는 일도 흥미로웠다. 나중에는 사용된 우표를 모아 앨범을 만들었다. '나에게 온 소중한 우표들'이라고 우표첩에 유성 매직으로 제목도 써서 붙였다.

요즘엔 옛날만큼 우표를 수집하는 사람을 많이 보지 못했다. 우표 가치를 감정하고 전문적으로 수집하는 컬렉터 집단만 존재할 뿐이다. 이메일과 SNS로 연락을 주고받는 게 일반적이라서 우표의 개념이 희박해진 게 원인이다. 나 역시 핸드폰을 쓰기 시작하면서 우표를 더 이상 모으지 않게 되었다. 고등학교에 진학하면서 처음 핸드폰을 갖게 됐고, 그즈음부터 이메일이 편지를 대체했다. 학교에서 편지를 써서 친구들과 교환하는 일은 종종 있었지만, 직접 우표를 붙인 편지를 우체통에 넣는 일은 이미 낯설었다. 그때쯤엔 기념우표의 출시 빈도도 줄었다.

고등학생이 되며 나는 더 이상 우표를 사러 가지 않게 되고, 그렇게 내 우표첩의 시간은 멈췄다. 그러다 서른 무렵, 서울 황학동 벼룩시장을 걷다가 누군가 길거리에서 팔고 있는 우표첩을 봤다. 수집가의 내공과 열정이 완연히 드러나는 컬렉션이었다. 어떤 이유로 판매 물품이 된 것인지는 모르겠지만, 아마도 오랫동안 모아온 우표를 시장을 내놔야만 했던 아쉬운 개인사가 존재할 것이다. 물건이 탐나기는 했지만 어마어마한 가격 때문에 가져올 수 없었다.

'시간이 멈춰버린 내 우표첩의 태엽을 돌려보면 어떨까.'

집에 돌아온 그날, 우표를 다시 모으고 싶어졌다. 며칠 후 인터넷에서 기념우표를 몇 장 구매했지만, 그 열정이 지속되지는 못했다. 우표에 매료돼 고민하며 한 장씩 사 모으던 때의 마음을 똑같이 재현할 수 없었다. 우표를 보며 갈망했던 넓은 세상을 직접 목도하면서 호기심이 사라진 탓도, 기념일 자체에 무뎌진 탓도 있을 것이다. 세상이 변하듯 나도 변했고, 이제 더는 그 시절로 돌아갈 수 없음을 안다. 어떻게 해도 우표를 수집하던 때의 감성으로 회귀하기는 어려울 것이다. 그렇지만 여전히 우체국을 지나거나 타인의 우표첩을 구경하게 되면 나도 모르게 설레고 반가워지는 마음을 숨길 수 없다.

알	고		싶	은		나				

어린 시절에 받은 편지는 나에게 특별한 거울과도 같다. 나
몰래 친구들 사이에서 회자되던 나의 성향, 선생님과 가족
들이 바라보는 나의 특징이 그 안에 담겨 있기 때문이다. 서
른이 넘은 지금 누군가에게 나는 어떤 사람인지 물어보는
일은 쉽지 않다. 질문을 받은 상대가 자신이 느끼는 대로 진
실을 말해주기도 어려울 것이다. 서로가 각자의 이해관계를
따지고 포커페이스로 대한다. 싫은 사람 앞에서도 미소를
짓고, 두 번 다시 보고 싶지 않은 사람에게까지 다정한 인사

를 건네는 것이 일상의 풍경이다. 나 또한 예외는 아니다.

이렇게 변한 것은 성인이 된 후인 것 같다. 학창 시절엔 지금과 달랐다. 사춘기 무렵까지는 아예 감정 변화를 감추지 못했다. 기분 나쁘면 금세 미간을 찌푸리고, 즐거우면 나도 모르게 입꼬리가 올라갔다. 속마음을 완연히 드러내는 편지를 쓰는 일에도 거부감이 없었다. 상대에게 솔직해질 수 있다는 게 부담스럽다기보다 흥미로웠다. 지인들과 편지를 주고받아야 할 이유도 많았다. 누군가의 생일, 입학, 크리스마스 등과 같은 이벤트 혹은 방학 전, 싸웠을 때, 좋아할 때가 그랬고, 그렇게 내가 받은 편지를 상자 안에 차곡차곡 쌓아 장롱 깊숙이 보관했다.

'직설적이야.'

'무표정해.'

'왜 결정을 못 하고 시간만 끄는 거야.'

성인이 되어 내가 주변 사람들로부터 들은 말은 대략 이 정도 범주에서 크게 달라지지 않았다. 사실은 처음 상대방으로부터 '직설적이다'라는 말을 듣고, 수긍할 수 없었다. 솔직하다는 칭찬이라고 넘겨버릴 수도 있겠지만 어쩐지 한없이 부정적인 어조로 느껴졌다. '무표정'에 대한 지적도 달갑지 않았다. 싫어하는 사람에게 미소 짓는 일은 내게 곤욕이었다. 인상을 찌푸리지 않는 것만으로도 벅찼다. 또 내가 '오랫동안 생각하고 결정'하는 건 실수하지 않기 위해서였다. 그래서 조금 더 생각해보겠다는 식으로 말하는 것인데, 그러면 곧장 답답한 인간이라는 평가를 받곤 했다.

처음 한두 번은 그런 지적을 아무렇지 않은 척하고 넘겼다. 하지만 그런 말이 가슴에 쌓이고 쌓이면 그럴 수 없었다. 혼자 고민하고, 잠을 설쳤다. 상대에게 나의 본의와 다르게 비치는 게 억울했다. 무너지는 자존감을 회복하기 위해 방법을 고민했고, 과거에 받은 편지를 읽었다. 나름 위로받고 싶은 절박한 시도였을 것이다. 내 시선이 처음으로 향한 편지는 중학교 시절 미정이한테 받은 것이었다.

"너를 텅텅이라고 놀려서 미안해. 텅텅이라고 부른 것은 네가 그렇다는 게 아니라, 세상 너무 복잡하고 힘들게 생

각하지 말고, 진짜 머리 텅텅 비우고 생각해보라는 뜻이
야. 너 자신을 잊은 채……."

편지 속에서 그 시절 내 모습을 떠올렸다. 그때의 나는
현재의 상황을 지나치게 분석했고, 일어나지 않을 일을 미
리 걱정했다. 누군가 내게 '오랫동안 생각한다'고 평가한 것
에 대한 변명이라면 변명일 수 있을 것이다. 성인이 되어도
나는 단순하게 생각하는 게 어려웠다. 모든 일에 걱정이 앞
섰고, 그러다 보니 결정이 늦어졌다. 대범하지 못한 탓이다.
겉으로 당당한 척하면서 자신감 없는 내 모습을 감출 수 있
을 것이라 생각했다. 먼저 나서서 "제가 원래 좀 소심해요.
결정하는 데 오래 걸리니 시간을 좀 주세요" 하고 고백했다
면 오해를 덜 받았을지 모르겠다. 기자라는 직업 특성상 많
은 사람을 만나면서 스트레스가 컸다. 낯선 사람과의 만남
은 설렘이라기보다 부담이었다. 잘 모르는 사람 앞에서 호
감을 사기 위해 선택한 가식적인 단어와 억지 미소가 나 스
스로를 지치게 했다.

"현정아, 입체 카드가 아니라 서운하니? 나한테는 이게 제일 맘에 들어. 수준도 높고 지적이야. 반년 동안 친하게 지내서 정말 즐거웠어. 넌 참 솔직하고, 착한 애야."

중학교 친구 재은이의 편지를 읽자 기분이 좋아졌다. 칭찬에 약한 것은 사람의 본성일 것이다. 사회생활을 하며 다른 사람에게 '직설적이다'라는 평가를 들으면, 한동안 내 의견을 드러내놓고 말하는 일이 망설여졌다. 누군가를 기분 나쁘게 할 의도는 없었다. 단지 정확한 의견을 전달하고 싶었을 뿐인데, 솔직함이 지나쳐서 직설적으로 보였을 것이다. 그런 평가를 자주 받았던 게 20대 무렵인 것 같다. 커리어우먼처럼 보이고 싶었고, 정확하고 분명한 단어 표현이 멋져 보여 따라 했던 것 같다. 누군가를 표방하던 어설픈 말본새로 상대에게 종종 상처를 줬을지 모르지만 속내는 달랐다. 타인에게 진심이고 싶었다. (포커페이스에 익숙해진 요즘은 그때보다 덜 직설적인 사람이 되었다. 애매한 표현으로 상대에게 혼돈을 준다.)

내가 보관한 수많은 편지 중 단연 많은 것은 성탄절 카드다. 언제부턴가 이벤트에 둔감한 사람이 되었지만, 그 시절엔 달랐다. 크리스마스트리를 장식하는 일이 중요했고, 빼먹지 않고 지인에게 카드를 썼다. 신중하게 고른 고가의 입체 카드는 몇몇 친구에게만 선물했다. 입체 카드를 줄 상대를 고를 때는 아주 많이 고민했다. 정말 친한 친구에게만 전했고, 조금 친한 친구에게는 평면 카드를 보냈다. 입체 카드를 선물한 친구에게 평면 카드 답장이 오면 기분이 좋지 않았다. 나의 애정만큼 상대의 마음이 깊지 않다는 증거니까. 특별히 값비싼 입체 카드를 선물한 세진이에게 답장을 받을 때가 그랬다.

"우리 같은 중학생들에게 IMF는 너무 가혹한 것 같아. 용돈이 부족해서 잡지를 접어서 카드를 만들어봤어."

세진이가 내게 준 것은 그냥 카드도 아니고 패션잡지를 재활용해 만든 카드였다. 매일 떡볶이는 사 먹으면서 돈 한 푼 들이지 않은 카드를 준 세진이가 괘씸했다.

지금 생각해보면 그런 마음을 가졌던 게 못내 부끄럽다.

당시는 사회적으로 '금 모으기 운동'을 할 정도로 경제가 어려웠다. IMF로 실직하거나 사업이 부도나는 일도 빈번했다. 어쩌면 세진이도 그런 속사정을 학교에서 티 내지 않았을지 몰랐다. 다시 그때로 돌아간다면 돈으로 살 수 없는 귀한 카드를 만들어준 친구의 정성에 진심으로 고마워하겠지만 당시에는 섭섭한 마음을 감출 수 없었다.

"너의 다이어리를 몰래 훔쳐봤어. 네가 쓴 문장이 너무 멋있어. 사실 집에서도 종종 오빠의 일기장을 몰래 보곤 해. 참, 요즘 책을 읽느라 글을 잘 안 썼는데, 나도 다시 좀 써야겠어."

고등학교 때 친구 정연이가 써준 편지에는 피식 웃음이 났다. 정연이가 본 멋진 문장은 아마 진짜 내 문장이 아닐 가능성이 크다. 누군가의 문장을 옮겨 쓰고, 출처를 적지 않았을 것이다. 책을 읽고, 마음에 드는 문장을 다이어리에 종종 적어놨으니까.

문학소녀였던 정연이는 문예부에서 활동했고, 늘 책을

가까이했다. 당연히 국문과에 갈 줄 알았는데 수능을 보지 않고 곧장 호주로 유학을 떠났다. 정연이의 얇은 목소리와 유독 짧았던 단발머리가 어렴풋이 기억난다. 키가 훌쩍 커서 늘 맨 뒷줄에 앉곤 했는데, 의외로 글씨는 외모에서 전해지는 느낌과 다르게 작고 귀여웠다.

모아놓은 편지 가운데 가장 빛나는 것은 중학교 2학년 때 담임 선생님이 주신 엽서다. 임용고시에 합격하고 갓 부임한 20대 선생님은 국어 과목을 담당했다. 담임 선생님은 학업 성적이 뛰어나지도 않고 특별한 재능도 없던 내게 많은 관심을 주셨다. 지금 생각해봐도 뚜렷한 이유는 모르겠다. 다만 확실히 나는 국어책을 읽는 선생님의 목소리와 어투가 좋았다. 90년대에도 '중2병'이라는 말이 있었고, 중학생의 반항심은 대단했다. 여중생들은 선생님 말씀을 지독하게 듣지 않고 툭하면 대들었다. 나 역시 그런 친구 중 하나였다. 하지만 유독 그 선생님 앞에서는 조심하려 노력했다.

여름방학 때, 선생님은 우리 집으로 엽서 한 장을 보내주셨다. 안부 인사와 함께 엽서 상단에 색연필로 만화 주인공 구피의 얼굴이 그려져 있었다. 선생님에게 먼저 편지를 받은 일은 그때가 처음이었다. 보통 선생님에게 편지를 보내도 답장을 받는 일이 드문 마당이라 매우 감동적이었다.

중학교 3학년이 되어 더 이상 선생님의 수업을 듣지 못했지만, 복도에서 선생님을 마주칠 때마다 무척 반갑게 인사했다. 졸업할 때 선생님은 내게 편지와 CD 한 장을 선물해 주셨다. 분홍색 색지를 직접 접어서 만든 봉투와 편지였다.

"늘 성실하고 노력하는 현정이의 모습이 좋았어. 나중에 졸업해도 시간이 되면 선생님 집에 놀러 와. 계획을 잘 세우고, 인생의 목표를 향해 정진하는 사람이 되길 바랄게."

그 시절의 나는 우등생도 아니었고 다른 선생님들로부터 '산만하고, 집중력이 없는 학생'이라는 평가를 받았다. 하지만 선생님이 써준 편지 속 내용은 달랐다. 편지를 읽고 고개를 갸우뚱했다. 교복 치마를 줄여 입으며 교실에서 말뚝박기를 즐기고, 시내로 불리던 번화가인 성심당 근처를 배회하며 오락실을 전전하던 내게 선생님의 편지는 충격적이었다. '성실'이라는 단어는 내게 어울리지 않았다. 그 편지를 읽고 또 읽었다. 그게 고등학생이 되어서 나름 변신하고자 노력하는 계기가 됐다. 어쩌면 선생님은 내가 지금보다 좀 더 모범적인 학생으로 변화할 수 있도록 조언하고 싶었는지도 모르겠다. 최근 인터넷에서 선생님의 이름을 검색하다가 대전의 다른 공립학교에서 학생들을 위해 토론·독서 동아리를 운영하면서 애쓰는 모습이 뉴스로 보도된 것을 보았다. 여전히 '좋은' 선생님으로 지내고 계신 것이다. 그런 선생님을 종종 떠올리면서도 이제껏 찾아뵙지 못한 게 죄송하고 부끄러웠다. 다음 스승의 날에는 선생님이 주신 편지를 들고 찾아뵐 생각이다. 아직까지 내가 그 편지를 간직하고 있다는 것을 알게 된다면 선생님도 분명 반가워하실 것이다.

누구나 바쁜 일정 속에서 자기 모습을 돌아보지 못할 때가 많다. 타인의 평가를 대수롭지 않게 넘기려 애쓰지만, 예민해지는 순간도 분명 있다. 그럴 때 과거에 누군가로부터 받은 편지는 분명히 유용한 도구가 될 수 있다. 그 안에 담긴 언어가 상처받은 마음을 따뜻하게 보듬으며 잊고 있던 자신의 모습을 떠올리게 해준다는 걸 나는 잘 알고 있다.

즐	거	움	의		모	음				

세상의 즐겁고 새로운 일을 모두 직접 경험할 수는 없는 노릇이다. 타인의 행위와 작품을 감상하는 행위는 그래서 소중하다. 전시, 공연, 영화 중 어느 하나를 관람하는 일은 나의 중요한 일상이다. 미술관에서 그림을 물끄러미 바라보며 왠지 모를 안정을 찾았고, 공연장에서 무대 위의 아름다운 선율과 동작에 매료됐다. 영화 속 배우들의 감정에 이입하는 순간, 카타르시스를 느꼈다.

하지만 감상의 시간은 한정적이다. 미술관 전시품은 기

간이 지나면 교체되고, 공연과 영화에는 상영 기간이 있다. 모든 것은 때가 있는 법이어서 다시 보고 싶다고 해서 언제든 자유롭게 볼 순 없다. 시간이 지난 뒤 남는 것은 입장권뿐이다. 입장권은 '그것을 보았다'는 확실한 증거이기도 하다.

검표 후에 미련 없이 휴지통에 티켓을 버리는 사람이 대다수지만, 나는 한 번도 그러지 못했다. 입장하고 나면 늘 티켓을 손가방 깊숙이 넣었고 집에 와서도 버리지 않았다. 그리고 그것들을 나만의 특별한 방식으로 보관했다. 미술, 영화, 공연 등 장르별로 스프링 노트를 마련하고, 뒷면 내용이 특별하지 않은 티켓은 딱풀로 붙이고, 뒷면이 특별한 것은 스테이플러로 고정했다.

미술 작품을 본 순간엔 감동이 오래갈 것 같지만, 막상 시간이 흐르면 기억 속에서 점차 희미해진다. 대중매체에 자주 언급되는 고흐, 세잔, 피카소와 같은 대가가 그린 작품의 이미지는 상대적으로 오랫동안 기억할 수 있지만 국내에 드물게 선보인 비주류 국가 출신 신진 미술가들의 작품은 한 번 보고 나면 잘 생각나지 않는다. 실생활에서 언급되는 일이 드물어서다. 직업과 관련된 소재가 아니라 더 그럴지도 모르겠다.

물론 그럴 때 인터넷에서 쉽게 이미지를 찾아볼 수도 있겠지만, 나는 티켓을 보며 그날의 전시를 떠올린다. 티켓에는 그날 본 전시의 이미지가 어딘가에 묻어 있다. 나는 티켓이라는 작은 단서로 그날의 장면, 사물, 사람 등을 연상해본다. 아무리 오래된 기억도 노력하면 어떤 이미지든 반드시 떠오르기 마련이다.

뭐든 그렇겠지만, 티켓에도 유행이 있다. 5~6년 전에 모은 미술 전시 티켓들은 두꺼운 용지에 고급 잉크로 인쇄한 것이 많아 형체가 온전한데, 요즘의 티켓은 이미지가 없는 것도 많다. 인터파크 같은 예매처 로고만 있는 경우가 다수다. 매표소에서 예매처 로고만 나온 티켓을 받아들 때와 전시나 공연 이미지가 인쇄된 티켓을 받아들 때의 기분은 확연히 다르다.

내가 작품을 감상하는 원칙은 전시장에 간 그 자리에서 충분히 관람하는 것이다. 가끔 도록을 살 때도 있지만, 전시가 무척 마음에 들 때만 구입하는 편이다. 도록 살 돈으로 전시를 한 번이라도 더 보는 게 낫다고 생각해서다.

그런가 하면 내가 보는 공연은 주로 뮤지컬이다. 고민 끝에 작품을 골라 예매하고, 그날을 손꼽아 기다리다 공연장에 간다. 공연 시간과 좌석을 예매하는 일이 압박인 경우도 많다. 인기 공연은 티켓이 일찍 마감되고, 취소 시 위약금이 붙는다. 그 관문을 뚫고 공연장에 들어가 착석할 때 느껴지는 짜릿함이 있다. 처음엔 〈오페라의 유령〉 〈지킬 앤드 하이드〉 〈시카고〉 등 유명 오리지널 내한공연을 보는 데 의의를 뒀는데, 언제부턴가 대중적이지 않은 플롯을 찾게 됐다.

그 시점에 알게 된 것이 대구에서 열리는 DIMP(대구국제뮤지컬페스티벌)다. 인도, 대만, 프랑스, 폴란드 등 다양한 나라의 공연을 한자리에서 볼 수 있다. 보통 가장 무더운 6월, 그것도 우리나라에서 가장 덥다는 대구에서 열린다는 단점이 있지만 충분히 감수할 만한 가치가 있다. 나는 처음으로 축제가 시작된 2015년부터 코로나로 공연이 중지된 기간을 제외하고 매년 이 페스티벌을 찾았다.

DIMP가 특별한 점은 외국 배우 4~5명이 하는 소극장 무대도 볼 수 있다는 점이다. 대만 뮤지컬 〈논 리딩 클럽Non Reading Club〉은 DIMP에서 본 가장 감명 깊은 공연이었다. 다섯 명의 배우들이 어우러지는 열연이 돋보인 소극장 무대였다. 실연의 상처를 안은 남자 주인공이 고향 타이베이로 돌아와 책방을 운영하는데, 그가 언젠가 자신에게 찾아올 사랑하는 연인을 기다리며 부른 노래와 피아노 연주 장면이 아직도 생생하다.

뮤지컬이 가끔 먹을 수 있는 특별한 디저트 같은 것이라면 영화는 내게 누룽지 같은 존재다. 시간이 허락한다면 언제든지 반복해서 볼 수 있으니까. 영화는 내 삶의 많은 순간을 함께했다. 어린 시절에 보았던 〈쉬리〉 〈8월의 크리스마스〉 〈클래식〉 같은 한국 영화를 몇 번씩 다시 봤다. 영화 자체도 재미있었지만 CGV, 메가박스 등의 영화관 브랜드가 생겨나며 가까운 곳에서 영화를 접할 기회가 많아진 것도 한몫했다.

영화 관람이 일상이 되면서 영화 잡지가 내 삶에 주는 가치가 더 커졌다. 홍수같이 쏟아지는 영화 속에서 보고 싶은 것을 결정하는 일은 쉽지 않았다. 신뢰할 수 없는 웹에서의 별점보다는 전문가의 이유 있는 추천을 원했다. 영화지 안에는 기자 외에도 다양한 필진이 존재했다. 소설가, 미술평

론가, 학생, 일반인 등 나와 취향이 비슷한 사람이 추천한 영화는 내 욕구를 충족시켰다. 하지만 2010년 무렵부터 영화지가 점점 폐간됐다. 볼 만한 영화지가 줄어들자 예고편을 보고 직감적으로 영화를 선택하는 날이 많아졌다.

영화를 예매하고 극장에 가면 자동판매기에서 영화 티켓을 반드시 출력했다. 티켓에는 일시와 인원수가 함께 기록돼 있어 그 영화를 누구와 함께 봤는지도 기억할 수 있었다. 나는 그것들을 딱풀로 노트 위에 가지런히 붙여 모았다. 내가 주로 가는 CGV의 티켓은 얇은 편이라서 보통 2년이 넘으면 잉크 글씨가 변색된다. 티켓 위의 희미해진 글씨처럼 영화를 봤던 날의 기억이 희미해지기도 한다. 상영일을 손꼽아 기다리던 영화였는데 스토리와 주인공 이름이 가물가물하다든가, 누군가와 영화에 대한 감상을 나눴던 것 같은데 정확히 무슨 말을 했는지 기억나지 않는다. 오래된 기억들은 희미해지기 마련이다.

어느 날부터인가는 영화관에 가기 전에 앱으로 영화를 예매하고, 그 화면을 보여주고 입장하는 게 일반적이 되었다. 더 이상 티켓을 출력할 필요성이 없어진 것이다. 나 역시 앱으로 예매하지만 아직까지는 현장에서 반드시 티켓을 종이 발권한다. 그런데 어느 날부터 발권기 화면에 '발권 없이 입장이 가능한데, 발권하시겠습니까?'라는 문구가 뜨자 서운하고 불안해졌다. 언젠가 종이로 발권하는 시스템 자체가 없어질 것 같은 예감이 들었다.

'발권할 수 있는 날까지 열심히 발권하겠어!'

종종 자원 낭비를 하는 것 같아 양심의 가책이 들기는 하지만 여전히 종이 티켓을 발권한다. 영화는 전시나 공연에 비해 관람 횟수가 많은 편이다. 자주 갈 때는 일주일에 한두 번, 적어도 한 달에 두 번 영화관을 찾는다. 그러다 보니 내가 본 영화를 기억하지 못하는 날도 많다. 우연히 영화를 소개하는 글들을 접하고, '재밌을 것 같아. 한번 봐야겠어'라고 생각하다가 놀라기도 한다. 이미 본 영화라서다.

재밌게 본 영화에 대한 기억이 흐릿해지는 것은 슬픈 일이다. 물론 블로그에 영화를 본 모든 날의 감상을 기록하면 기억할 수 있겠지만, 아직 그럴 생각은 없다. 기록을 고려하며 영화를 보는 일은 불편하다. 요즘엔 팝콘을 열심히 먹다 주인공의 행동 패턴을 놓치고, 잠시 화장실에 다녀오느라 중요한 장면을 보지 못해도 크게 신경 쓰지 않는다. 수많은 영화를 모두 볼 수 없고, 스토리를 모두 기억하는 일도 불가능하니까. 그저 영화관에 있는 그 시간을 즐기면 된다.

가끔은 모아둔 티켓과 거기 적혀 있는 날짜, 장소, 시간 등을 보며 그날을 함께했던 사람과 분위기를 회상한다. 일이 바쁘고 감정적 여유가 없어지면서 전시, 공연, 영화를 보는 일은 점차 줄어들었다. 그러나 글과 사진이 아닌, 글자와 작은 이미지에 불과한 티켓 속에서 과거의 추억을 들여다보는 일은 흥미롭다. 정확하지 않은 기억은 오히려 나를 들뜨게 한다. 기억의 빈 공간을 상상으로 채우거나 생략할 수 있으니까. 즐거움을 수집하는 나만의 방식이다.

꿈	과		미	련						

내 방에는 숱하게 버리기를 고민했던 종이들이 있다. 기성 작가 혹은 내가 쓴 대본을 출력한 A4 용지다. 언제 다시 읽을지 기약하기 어려운 자료다. 진작에 모두 내다 버렸다면 좀 더 깔끔한 방이 됐을 게 분명하다. 알면서도 오랫동안 치우지 못했던 이유는 미련 때문이었다.

내 인생에서 가장 많은 시간을 투자해 성과를 못 낸 일은 드라마 작가가 되고자 노력했던 것이다. 그 꿈을 꾸고, 글을 쓰고, 꿈을 접는 과정까지 자그마치 6년이 넘는 세월이 걸렸다. 노력과 시간이 자연스럽게 꿈을 이뤄줄 것이라고 기대했는데, 현실은 내 예상보다 냉정했다. '숲보다 나무를 봐야 한다'는 것을 알았지만, 지금 생각해보면 내 시야는 좁았다. 단기간에 이룰 수 있는 목표에만 집착했다.

대학생 때 나는 인생 전반에 대한 계획을 세우지 못했다. 미술사학 복수전공도 그저 미술관이 좋아서 결정한 것이었을 뿐 거창한 목표는 없었다. 대학 시절 서브컬처에 호기심이 생겨서 관련 잡지를 만들었지만 그것도 그저 내가 좋아서 시작한 일이었다.

기자로 일하게 된 것도 비슷한 맥락에서였다. 대학 시절에 객원기자로 일했던 시간이 즐거워 잡지 기자가 되기로 결심했다. 운 좋게 취업했지만 내가 원하던 장르의 글을 쓸 수는 없었다. 그게 회사를 그만두기로 결정한 중요한 이유였다.

그러나 회사를 그만두고 예상치 못한 상황에 직면했다. 나는 드라마 대본을 읽는 일이 즐거워서 나 자신이 그런 종류의 글은 잘 써낼 수 있을 것이라 생각했다. 습작하는 시간이 답답하기도 했지만 즐겁기도 했다. 연이은 실망의 순간을 버텨낼 수 있던 이유는 나에 대한 믿음이었다. 웅크리다 튀어 오르는 개구리처럼, 노력하면 시간이 흘러 '드라마 작가'가 될 수 있을 것이라 생각했다. 노희경 작가의 〈거짓말〉, 김수현 작가의 〈청춘의 덫〉과 같은 멜로드라마를 쓰고 싶었다. 그런데 그 믿음이 점점 사라져갔다.

지금 생각해보면 정말 나와 맞지 않는 선택이었다. 나는 개인주의적 성향이 강하고, 연애보다 자기 취미에 몰두하는 게 흥미로운 사람이었으니까.

"드라마 작가가 되고 싶다고? 그냥 영화 평론이나 기사를 써. 넌 현실적이고, 짧게 빨리 쓰는 게 맞아."

드라마 학원을 다닌 지 일주일 뒤쯤 사주카페에서 핀잔 아닌 핀잔을 들었다. 하지만 당시에는 그런 말에도 감정의 동요가 없을 정도로 의지가 확고했다. 작법 아카데미에 다녔고, 친구들과 스터디그룹을 결성해 공부했다. 유명 작가의 대본을 읽고, 서로의 대본을 피드백했다.

그런 과정에는 즐거움과 깨달음이 있었다. 작가가 만들

어낸 캐릭터라는 생물을 이해하는 일은 인간의 본질을 이해하는 과정이기도 했다. 스토리의 인과관계를 따지는 일은 복잡했지만, 구조적으로 글 쓰는 능력을 키울 수 있었다.

든든한 문우도 생겼다. 동갑내기 남자 한 명과 나보다 네 살 많은 언니였다. 만약 혼자서만 글을 썼다면 그 긴 시간을 버티기 힘들었을 것이다. 우리 셋 모두 변변한 직장 없이 글만 쓰던 시기였다. 경제적으로도 어려울 수밖에 없었다. 카페에서 각자의 돈으로 구입한 커피를 한 잔씩 앞에 두고, 보통 서너 시간 대화를 나눴다. 서로의 대본에 대한 합평이었다. 지금은 폐업한 강남역 5번 출구 근처 탐앤탐스 카페 구석 자리가 우리의 아지트였다. 보통 두시쯤 만나 식사를 할 무렵에 각자 집으로 돌아가곤 했다. 일주일에 한 번 만났지만 매번 밥을 먹는 것도 경제적으로 부담스러웠다. 지옥철을 타고 집에 돌아가면서 배가 고플 때마다 생각했다. 공모전에 당선되면 그들에게 호텔에서 초밥을 사줘야겠다고. 그런 상상을 하면 기분이 좋아졌다. 혼자 방구석에서 글을 쓰며 외로움을 느낄 때마다 문우들과 나눴던 대화를 떠올렸다. 나중에 데뷔하면 만나고 싶은 드라마 작가, 캐스팅하고 싶은 남자 배우, 원고료를 받으면 구입할 전자기기가 우리의 화제에 올랐다.

우리는 미래에 대해 부정적으로 생각하지 않았다. 세상이 보기엔 백수일 수 있지만 스스로에게 떳떳했다. 비록 수입은 없지만, 매일같이 글을 썼기 때문에 자신을 '작가'로 여겼다. 노력하고 있으니 안 될 일은 없을 것이라고 믿었다.

하지만 함께 스터디했던 친구들이 한 명씩 공모전에 당선된 뒤부터 나는 자신감을 잃어갔다. 물론 그들이 당선된 것은 무척이나 좋고 잘된 일이었다. 1,000:1이 넘는 어마어마한 경쟁률을 뚫은 그들에게 진심으로 축하의 말을 건넸다. 곁에서 지켜봤기에 그들이 얼마나 공들여 글을 썼는지 잘 알았다. 함께 공부한 지 2년 정도가 되었을 때, 나를 제외한 두 사람은 각기 다른 방송국 공모전에 당선됐다. 그들이 계약할 소속사를 찾고, 후속작을 쓰는 것을 보며 부러웠다.

반드시 공모전에 당선해야만 드라마 작가가 되는 것은 아니지만, 나는 그 루트를 고집했다. 보조 작가나 문하생으로 시작하고 싶지는 않았다. 노력하면 그 친구들처럼 내 순번도 올 것이라 믿었다. 하지만 마지막이라고 생각하며 응모했던 공모전에서조차 낙선했고, 그 실망감은 도저히 견디기 힘들었다. 드라마 작가 준비를 한 지 4년째였을 것이다. 입맛이 뚝 떨어져 한동안 밥도 제대로 먹지 못한 채 명동 성당을 찾았다. 미사 중이 아닌 개방된 시간대에는 누구나 그 안을 드나들 수 있었다. 많은 사람이 고요한 공간 속에서 기도하고 있었다. 의자에 앉아서 정면을 보지 않고 고개를 푹 숙였다.

어떤 대상을 응시하기에는 내 안에 분노가 가득했고, 신에게 무언가를 간청하고 싶은 마음조차 없었다. 꼬인 마음이 눈물을 자아냈고, 그래서 펑펑 울었다. 멈추려고 해도 잘되지 않았다. 감정을 주체할 수 없었고, 눈물이 하염없이 흘렀다. 평일이었지만 명동 성당에는 꽤 많은 사람이 있었다. 외국인들이 많이 찾아 관광 코스처럼 되어버렸기 때문이다.

'아, 좀 멈춰. 멈춰줘.'

그만 울고 싶었지만 그럴 수 없었다. 눈물 콧물이 범벅이 되어서 도저히 고개를 들 수 없었다. 입술 위까지 콧물이 바짝 추격한 게 느껴져 당황스러웠다. 그 순간, 내 얼굴 밑으로 휴지 몇 장이 쓱 들어왔다.

나는 얼굴을 사선으로 살짝 들었다. 배낭을 멘 외국인 관광객이 내게 건네준 것이었다. 구세주나 다름없는 휴지를 건넨 외국인은 내 울음소리가 잠잠해지는 것을 느끼고는 조용히 돌아섰다.

시원하게 울고 나니 기분이 좀 상쾌했다. 며칠간 고민을 거듭했고, 결국 '드라마 작가'의 꿈을 포기하기로 했다. 그 후로 다른 일을 하면서 짬이 날 때만 대본을 썼다. 그동안 써둔 대본을 짧은 시간 안에 수정하고, 공모전에 의무적으로 제출했다. 결국 공모전에 입상하지는 못했고, 그렇게 나는 꿈에서 자연스럽게 멀어졌다.

얼마 지나지 않아 나는 대본 쓰기를 그만뒀다. 하지만 방안에 수북이 쌓여 있는 A4 용지를 좀처럼 정리할 수 없었다. 한 번에 분리수거함에 넣으면 될 것을, 몇 번씩 망설이다가 결국 버리지 못하는 날이 되풀이되었다.

'이 대본 뒤에는 피드백이 적혀 있잖아. 또 수정할 날이 있

지 않을까.'

'내가 좋아하는 작가의 대본인데 버리면 또 출력하고 싶
을 것 같아.'

'언젠가 이런 스토리가 또 대중에게 먹힐 수도 있어.'

수많은 핑계를 대며 그것들을 다시 제자리에 돌려놨다.
공모전 낙방 소식을 들을 때마다 아주 조금씩 버리고 말 뿐
이었다. 혹은 다른 일로 화가 날 때 북북 찢어서 한 뭉치씩
버리기도 했다. 보통 밤에 버렸는데, 간혹 아침이 되면 분리
수거함으로 달려가 다시 주워 오는 경우도 있었다.

그런 과정을 반복하던 어느 날, 남은 종이 뭉치를 거의
정리하게 됐다. 더 이상 새로 방영되는 드라마도 팔로우업
하지 않았다. TV에서 로맨스 드라마를 보는 것만으로도 씁
쓸하고 마음이 아팠다. 예전엔 내가 쓴 드라마가 멋지게 방
영되는 날을 꿈꿨지만, 이젠 그걸 더 이상 시도조차 할 수 없
다는 사실이 나를 자괴감에 빠뜨렸다.

공모전에 입상하고도 수많은 난관에 부딪히는 친구들을
보며 스스로를 위로하기도 했다. 당선자들을 보면 당선은

결코 끝이 아니라 또 다른 경쟁의 시작이었다. 경쟁이 박 터지는 그 세계에서 사람들은 더 열심히 노력해야 했다. 일정한 수입이 보장되는 것도 아니었다.

'어쩌면 그만둔 게 속 편할 수도 있어.'

이제는 더 이상 대본을 쓰지 않고 공모전 시즌이 되어도 설레지 않지만, 그럼에도 여전히 내게는 버리지 못하는 대본이 두 개 있다. 자살여행을 떠났던 자매가 삶에 대한 의욕을 되찾는 휴먼 드라마와 부산의 보수동 책방 골목에서 벌어지는 로맨스다. 다시는 누군가에게 보여줄 일이 없을 텐데, 그걸 버린다고 생각하는 것만으로도 마음이 아파온다. 컴퓨터에 파일이 저장돼 있어 언제든 출력할 수 있는데도 좀처럼 버릴 수 없다. 그 대본을 쓰고 출력했을 때의 행복했던 기분을 간직하고 싶어서일지도 모르겠다. 열심히 쓰고, 상의하고, 피드백을 받고, 설레는 마음으로 대본을 제출하던 날의 기억이 아직도 생생하다.

"어쩌면 다시 쓰고 싶은 순간이 올지도 몰라. 지금 잘나가는 드라마 작가 중에 계속 실패하다가 마흔에 데뷔한 작가도 있어."

간혹 친구의 말에 솔깃하기도 한다. 대본을 간직한다는 것은 '꿈에 대한 미련이 남았다'는 방증일 것이다. 나도 모르게 종종 드라마의 새로운 스토리를 상상해본다. 혹시 모르는 일이지만, 친구의 말마따나 패션의 유행이 돌고 도는 것처럼 그 시절 외면받은 나의 대본이 빛을 발하는 순간이 올 수 있지 않을까 싶은 기대도 품게 된다. 그렇게 하루에도 수십 번 마음이 바뀐다. 나는 포기한 것처럼 보여도 여전히 드라마 작가를 꿈꾸는 걸까. 어쨌든 분명한 건, 여전히 나의 공간 한구석에 내 소망과 꿈이 깃든 A4 용지가 남아 있다는 사실이다.

노	네	임							

코로나19 바이러스의 시대를 살아가며 사람들이 집에서 보
내는 시간이 길어졌다. 인테리어에 관심을 갖는 인구가 많
아진 이유이기도 하다. 그림은 인테리어에서 빠질 수 없는
품목이다. 최근 들어 백화점과 대형 쇼핑몰 내 갤러리 숫자
도 조금씩 늘어나는 추세다. 국내외 경매회사를 중심으로
한 미술계 활황이 대중에게 영향을 미쳤다. 패션, 생활용품
브랜드 등에서 미술 콜라보 작품을 선보이고, 대형 서점의
문구 브랜드에서 외국 작가의 판화 작품을 판매한다. 나 역

시 최근에 그림을 더욱 사고 싶어졌다. 하지만 수많은 그림 중에서 마음에 드는 것을 고르기가 쉽지 않았다.

'왜 사람들이 저 그림에 열광하는 걸까?'

잘나가는 작가의 그림을 보면 구매욕을 자극하는 요소가 무엇인지 나름 추측해보게 된다. 구도가 특이하고, 질감이 독특하고, 소재가 색다른 것도 이유 중 하나이겠지만 판단은 흐르는 물처럼 언제든 변한다. 다른 시간, 다른 공간에서 보면 같은 작품이라도 느낌이 달라진다.

대학 시절, 나는 '아시아프ASYAAF'라는 미술 축제에서 도슨트로 일했다. 국내외 청년 작가의 미술 작품을 소개하고 판매하는 행사였다. 같은 장소에서 20일간 같은 작품을 매일 보았다. 그러면서 내 컨디션에 따라 작품에 대한 감정이 변한다는 것을 알게 됐다. 우울한 날엔 목탄으로 그린 시커먼 인물화에 매료됐고, 기분 좋을 때는 화사한 파스텔톤 수채화에 끌렸다.

그림을 사는 사람들의 모습도 가지각색이었다. 단번에

사는 사람이 있고, 며칠 동안 쭉 살펴보는 사람도 있었다. 종이 한 장에 불과하지만 그것이 '예술'이라는 특징 때문일 것이다. 나 역시 그랬다.

"이건 에디션이 없나요?"
"정해진 수량이 없어요. 수요를 보고 맞춰서 판화로 제작해요."

최근 갤러리에서 마음에 드는 작품을 발견하고 질문했더니 운영자는 이렇게 이야기했다. 무제한으로 인쇄된 것이 작품으로 정의된 채 갤러리에 있는 게 마음에 들지 않았다. 에디션 번호조차 없는 작품을 보면 호감이 생기지 않았다. 마치 달력 한 장을 찢어 액자 안에 넣은 것처럼 느껴졌다. 다수가 알지 못하는 신진 작가의 그림을 복제화로 남발하는 게 좋은 걸까. 예술가의 작업 공간이 '팩토리factory'라 불리며, 미술품이 대량생산되어 유통되는 것이 공공연해진 현실에서 누군가는 나의 이런 생각을 '뒤처진 사고'로 여길 수 있을 것이다. 내가 원하는 그림은 트렌드보다는 작가의 개성

101

이 반영된, 하나뿐인 원화였다. 그러나 시간이 흐를수록 내가 원하는 가격대의 작품을 사는 게 이전보다 쉽지 않아 보였다.

며칠 뒤 점심을 먹고 산책하다가 회사 근처의 한 화랑에 들어갔다. 특정 작가의 기획전을 하는 곳과 다르게 그곳엔 다양한 종류의 미술품이 쌓여 있었다. 그림, 도자기, 조각은 물론, 시계, 민속품, 장식적 요소를 띤 미술품 형태의 사물도 있었다. 잡화점처럼 느껴질 정도로 번잡했다.

"이건 누구 작품이에요?"
"안 쓰여 있으면 나도 몰라."

주인은 시큰둥하게 답했다. 나체의 여인, 유채꽃, 호랑이 등 다양한 소재의 그림 작품 하단에 'khy' 'min' 등의 이니셜이 서명되어 있지만 보증서는 없었다. 그렇다고 판화 혹은 복사본을 액자에 넣어둔 것도 아니었다. 원화였다. 간혹 이름 석 자가 붙은 것도 있었지만 나이, 전공, 이력 등은 알 수 없었다. 어느 모로 보든 익명의 작품인 셈이다. 화폭 소재들이 트렌드에 뒤처져 보였지만 완성도는 있었다. 허름한 공간에 쌓여 있어서 그렇지 '화이트 큐브' 안에 있다면 분명 달라 보였을 것이다. 구석구석 먼지가 쌓여 있는 액자들을 들춰가며 그림을 살폈다. 마치 보물찾기를 하는 기분이었다.

"이 그림들은 어떻게 모으셨어요?"
"그냥 여기저기서."

화랑에 그림을 팔아달라며 오는 작가나 컬렉터로부터 구입하거나, 직접 경매장에서 작품을 낙찰받거나, 집을 방문해 작품을 매입하기도 한다는 설명이 이어졌다. 작품의 종류와 성격이 다양한 이유였다.

그중에서 나의 마음을 사로잡는 그림이 한 점 있었다. 야자수 잎을 꿰매 만든 고깔 모양 모자인 '농라'를 쓴 여성들이 모여 일하는 장면을 묘사한 그림이었다. 한국의 농촌 풍경을 보는 듯 정감이 느껴지기도 했다. 그림 하단에 이니셜만 있을 뿐, 예상대로 작가 미상이었다. 쌓여 있는 액자 틈에서 그것을 들췄다. 80.2cm×130.5cm 크기 작품이 15만 원이면 가격도 저렴한 셈이었다.

그림을 계산하려다 우연히 선반에 있는 도화지 한 장을 발견했다. 녹색 반원 위에 주먹을 쥔 여자아이, 태양, 우주선 등이 묘사된 낱장 그림이었다. 정교하지 못한 스케치, 얼룩덜룩한 포스트컬러 물감 채색으로 짐작해보면 중고생이 그린 것 같았다. 검은 배경이었지만, 다양한 색상을 사용해서 밝은 동화적 이미지로 보이기도 했다. 내가 고등학교 시절에 그렸던 그림과 유사한 느낌이었다.

고등학교 1학년 때 일주일이 넘게 걸려 완성한 그림은 나를 좌절시켰다. 구도를 잡고, 색채를 조합하고, 정교하게 붓질을 하는 등의 어떤 과정도 또래보다 뛰어나지 못했다. 나는 나보다 짧은 시간 미술학원에 다녔던 친구들의 작품을 보며 의욕을 잃었다. 내게 재능이 없다는 사실을 인정하고 입시 미술을 포기했다. 지금 내 앞에 놓인 어설픈 그림 속에서 그 시절의 나를 느낄 수 있었다.

"이 그림은 뭐예요?"

"몰라, 그냥 누가 주고 갔어. 좋으면 가져가."

주인에게는 판매할 가치가 없는 그림 같았지만, 내겐 달랐다. 아마추어의 미완성된 그림이 주는 동질감이 반가웠다. 구입한 유화 한 점과 낱장 그림을 들고나왔다.

집에 돌아와보니 의외로 외국 여인이 묘사된 작품은 방에 걸기 조금 부담스러웠다. 흰색 가구와 조화를 이루지 못했다. 반면 낱장 그림은 달랐다. 압정으로 벽에 고정했을 뿐인데 방 분위기와 훌륭하게 조화를 이뤘다. '어떤 그림을 얼마를 주고 살 것인가'를 생각했던 최근 상황이 떠올랐고, 그런 행위들이 무의미하게 느껴졌다.

그림의 가격은 종잡을 수 없다. 도상이 눈에 익숙할 정도로 유명한 미술가가 그린 작품은 천문학적 가격에 거래되는 경우가 많다. 근래에 유명세를 타는 신진 미술가의 작품 가격도 천차만별이다. 그 속에서 구매를 결정하는 일은 쉽지 않다. 객관적 지표가 없어서다. 작품의 이미지와 함께 작가의 전시 이력, 학력 등이 구매 결정에 반영되는 이유다.

이후에도 몇몇 이름 없는 그림을 샀고 마음이 끌리는 대로 구매를 결정했다. 지인은 그림을 사는 나의 방식이 비합리적이라고 조언했다. 이제는 다수가 미술을 재테크 대상으로 간주하는 시대이기 때문이다. 게다가 요즘은 상대적으로 고액을 요하는 경매회사의 낙찰 방식이 아니어도 NFT^{Non-Fungible Token}를 통해 소액으로 미술품을 살 수 있는 시대가 열렸다. 하지만 나는 그 모든 방식에 관심이 없다. 무리해서 경매에 참여해 미술품을 낙찰받고 싶은 생각 따윈 없다. 내게 미술은 투자의 대상이 아닌 '그림' 자체로 내 앞에 존재할 때 만족스럽다.

이런 생각을 하게 된 건 집안 환경의 영향도 크다. 부모님은 30년 넘게 고가구, 토기, 민속품 등의 고미술품을 수집했다. 수집은 취미 생활이었고, 미술품은 심미의 대상으로만 존재했다. 누가 자기에게 팔라고 제안해도 그러지 않았다. 투자 대상이 아니라 취향에 기반을 둔 자신만의 컬렉션이라서다. '작자 미상'인 게 크게 중요하지 않은 이유이기도 했다.

고미술품에서도 작가의 가치는 중요하지만 시대성과 미감만으로 평가받는 부분도 크다. 작가의 명성만으로 절대적 가치를 지니는 현대미술과는 차이가 있다. 그 작품이 만들어진 시대와 장소, 작가가 현존하지 않는 경우가 대다수라서 컬렉터의 주관이 더 중요해진다. 작품의 진위를 판명하는 보증서가 있지만 과학적 증거가 없는 전문가의 소견일 뿐. 아마 내가 익명의 미술 작품에 끌렸던 이유는 고미술에 익숙해서일 수도 있다.

작자 미상의 그림을 보면 자유로운 상상의 나래도 펼치게 된다. 이 그림의 아이디어는 어디에서 얻었는지, 작가가 계속해서 미술 작업을 할지, 아니면 더 이상 그림을 그리지 않을지, 혹시 그림을 그리지 않는다면 무슨 일을 하면서 살지. 그림의 이미지를 온전히 받아들이고 작가의 세계를 추론한다. 아마 그 작가와 내가 현실에서 마주치는 일은 없을 것이다. 그러나 내게 삶이 끝날 때까지 마주할 수 없는 익명의 작가와 교감하는 일은 그래서 꽤 흥미롭다.

PART 3

감정의 정리

불	안	의		일						

스멀스멀 다가오던 우울감이 나라는 존재 전체를 덮쳤다. 한 발짝도 밖을 나서기 싫었고, 사람을 만나는 일도 짜증스러웠다. 코로나라는 뜻밖의 재난이 오히려 고맙기도 했다. 그것을 핑계로 혼자 시간을 보낼 명분이 생겼다. 회사에 가는 시간을 제외하고, 사람이 많은 장소를 피했다. 고작 몇 명의 친구만 만나던 단출한 인간관계도 귀찮았다.

생각해보면 3년 전쯤부터 그랬다. 특별한 계기는 없었다. 즐겁기만 했던 여행, 쇼핑, 수다에 대한 감흥이 줄었고,

일상에서 즐거움을 느끼지 못했다. 그 와중에 발목이 골절됐다. 2020년 여름이었다. 발이 아프니 맘대로 밖으로 다닐 수 없었다. 늘 입에 달고 살던 초콜릿이 개똥처럼 느껴졌고, 즐겨 먹던 페페로니 피자 맛도 밍밍했다.

'멍청하게 왜 매일 다니던 곳에서 자빠진 걸까. 남들처럼 평범하게 직장생활 했으면 그 시간에 그곳을 지나갈 일은 없었을 거야. 난 평범한 걸까? 모자란 걸까?'

꼬리를 물고 이어지는 질문으로 나 자신을 괴롭혔다. 이런 상황에서 상담을 선택하는 사람도 있겠지만, 누군가 내 말을 듣고 조언이나 처방전을 준다고 해결될 것 같지 않았다. 전문가의 도움을 받을 정도로 상태가 심각하지는 않다고 생각했다. 며칠은 짜증이 나다가 며칠은 다시 멀쩡하게 잘 지내곤 했다. 삶을 포기하고 싶다는 극단적 생각을 한 적도 없었다. 지금보다 더 나은 삶을 살고 싶은데, 마음대로 되지 않는 게 화날 뿐이었다. 언젠가 기분 좋은 상태로 되돌아갈 수 있다고 믿었다.

집에 있는 시간이 길어지다 보니 SNS를 자주 들여다봤다. 그곳에 올라온 이미지를 보며 내 삶을 그들과 비교했다. 아름다운 여행지, 값비싼 물건, 화려하고 폭넓은 대인관계가 업로드된 타인의 이미지가 상대적 박탈감을 더해주었다.

코로나로 삶이 어려워졌다고 생각했는데, 모두 다 그런 것은 아니었다. 수혜를 입은 계층도 있었다. 온라인 관련 사업을 하는 친구들이었다. 코로나로 재택근무를 하게 되니 지옥철을 타지 않아 행복하다는 직장인도 있었다. 해외여행에 쓸 돈으로 명품을 샀다는 사람들의 얘기도 들렸다. 뉴스를 보면 어려워진 사람들이 더 많아진 게 분명했다. 하지만 안타까운 사람보다 잘 지내는 누군가의 일상에 더 관심이 갔고, 그럴수록 나는 괴로워졌다.

내 삶은 성공과 거리가 멀었다. 20대 후반에 멀쩡하게 다니던 회사를 때려치웠다. 쓰고 싶은 글을 쓰면서 직장인 못지않은 연봉을 벌 것이라는 근거 없는 자신감이 있었다. 내 능력을 과신했다. 결국 직장에 다닐 때보다 못한 돈을 받으며 프리랜서로 일했다. 서른 초반까지는 그런 삶에 후회가 없었다. 연봉을 차곡차곡 모아 재테크하는 성격도 아니라서, 더 벌어도 돈을 많이 모으지 못했을 것이라며 스스로를 위로했다. 그게 자기 합리화라는 것도 잘 알았다. 다만 인생의 울퉁불퉁한 자갈길을 자처한 게 나라는 사실을 인정하고 싶지 않을 뿐이었다.

그 부작용에서 자유로울 수 없었다. 정점을 찍은 것은 암묵적 '벼락 거지'가 되고 나서부터였다. 무주택자인 나는 영원히 집을 살 수 없을 것 같은 불안감에 휩싸였다. 매일 쏟아지는 부동산 관련 뉴스가 압박감을 더했다. '30대 영끌' '상대적 박탈감에 시달려…' 등의 기사 표제어를 볼 때마다 마음이 싸늘해졌다.

"돈은 좀 모았어? 결혼할 남자는 정말 없는 거야?"

자주 듣는 사적 질문도 무례하게 느껴지지 않을 만큼 익숙했다. 최소한 그런 질문을 불편해하지 않을 정도의 도량도 생겼다. 별다른 악의 없이, 그저 사회적 관습에 익숙해서 나온 질문이라 생각했다. 하지만 적어도 그런 사람 중 누군가는 온전히 나라는 존재와 관련된 질문을 해주기를 바라기도 했다.

그런 순간이 있기는 했다. 처음 보는 이성과의 소개팅 자리였다. 물론 실망하는 날이 더 많았다. 내가 그들과 비슷한 경제 수준인지, 비슷한 가정환경인지 확인하는 절차가 다수였다. 내가 즐겨 먹는 간식이나 좋아하는 영화 장르, 즐겨 찾는 공간 등 취향과 관련된 질문을 해오는 사람은 적었다. 첫 만남에서 비트코인, 주식, 부동산 같은 화제를 꺼내는 이들 앞에서 표정이 굳어졌다. 주식계좌조차 없는 내가 그들과 보조를 맞출 수는 없었다.

"왜 요즘 사람들은 온통 돈 얘기뿐일까? 서로 코드가 맞는 게 중요하잖아."
"그래도 먹고사는 게 젤 중요하지."
"즐겁고 가치 있게 먹고사는 게 중요한 거 아냐?"

나는 종종 친구들과의 대화 자리에 찬물을 끼얹었다. 그때마다 잠시 정적이 흘렀고, 서둘러 화제가 전환됐다. 친구들은 돈과 관련된 얘기가 아니라면 말미에 '했더라'와 '카더라'가 붙는 직장 동료나 연예인 얘기를 즐겼다. 타인의 험담이 즐거운 이유는 인간의 본성에 기인할 테지만, 언제부턴가 그런 대화의 행렬에서 빠지고 싶었다. 친구들과의 수다가 의미 없게 느껴졌다. 상대가 싫은 것은 아니지만, 가치관이 다른 사람과 얘기하는 일은 목구멍에 생선 가시가 걸린 것처럼 불편했다. 사람을 사귀는 것에 보수적으로 변했지만, 가치관이 비슷한 사람을 만나는 일도 쉽지 않았다.

"코로나인데 골절까지. 고생이 많겠어요."

진심으로 걱정해주는 말도 좋게 들리지 않았다. 코로나19로 내가 운영하는 회사도 직격탄을 맞았다. 성장은커녕 현상 유지를 하기에도 급급했다. 대출받은 자금도 바닥났다. 회사 사정이 어려워지자 내 감정은 더 불안해졌다. 머릿속이 복잡했다. 깁스와 목발을 짚고 매일 출근해도 뾰족한 수가 없었다. 다친 다리로 이곳저곳 다니며 사람들을 만나는 것도 민폐였다. 모두가 어려운 시기였다. 내 하루의 반나절은 한숨과 정적이 장악했다. 병문안을 오겠다는 친구의 호의도 반갑지 않았다. 행여나 골절에 더해 코로나까지 걸릴까 봐 두려웠다.

동생과 나 단둘이 사는 집의 한낮에는 정적이 가득했다. 고요함에 익숙해질수록 더 우울했다. 움직임이 적으니 배고픔도 덜했다. 아침을 먹고 나서 샐러드와 커피로 점심을 때웠다. 일주일에 두 번만 출근했다. 침대 위에 올려놓은 간이 테이블이 사무실 책상 역할을 했다. 사람들로 붐비는 곳이 불편했는데, 조용한 집에 장시간 있는 일도 곤욕이었다. 고요하다가 예민해지기를 반복했다.

'아 진짜, 왜 하필 거기서 넘어진 걸까. 괜히 사업한다고 설쳤지. 이참에 다 정리하고 취직이나 할까. 그나저나 경기는 대체 언제쯤 회복될까. 걔는 왜 내 뒤통수를 친 거야!'

생각이 깊어지며 온갖 잡생각이 떠올랐다. 개인에 대한 걱정부터 사회에 대한 걱정까지 종류도 다양했다. 불편한 감정이 커지는 시간은 오후 다섯시경 또는 깊은 밤이었다.

종종 화를 분출하기 힘든 지경에 이르면 갑작스레 눈물이 핑 돌거나 왕성한 식욕을 불태웠다. 마치 둔하게 넘겼던 사춘기가 서른 중반에 다시 시작된 것 같았다.

"코로나 블루 아니야?"

분명히 발을 다친 것 말고는 최근 겪은 특별한 충격이나 사건 같은 것은 없었다. 그걸 잘 아는 친구가 대수롭지 않게 물었다.

"사실 3년 전부터 우울했어. 서서히."
"늙어서 그래. 나이 들면 생각이 많아지잖아."
"서른 중반인데, 많이 늙은 거냐?"
"그 정도면 짧게 산 건 아니지. 머릿속이 꽉 찼잖아."

전화로 통화하던 친구도 힘든 감정을 토로했다. 아이, 남편, 시댁, 나라 걱정까지 온갖 고민의 늪에서 허우적거리고 있었다. 우울한 사람끼리 서로 대화할수록 기분만 가라앉았다. 골절이라도 어서 회복하고 싶었다. 의사는 자유롭게 밖으로 다니려면 7주의 시간이 더 필요하다고 했다. 이제 겨우 7일이 지났을 뿐이었다. 회복될 때까지의 시간을 생각하면 까마득했다.

"죽을병이라도 걸렸어? 그만 좀 해, 노처녀 히스테리!"

잔뜩 찌푸린 얼굴로 하루를 시작하는 나를 보며 동생이 말했다. 두 살 터울의 여동생한테 그런 말을 듣는 게 자존심 상했다. 이 상황을 극복하고 싶었다. 에리히 프롬의 《나는 왜 무기력을 되풀이하는가》를 꺼내 들었다가 몇 분 안 되어 책을 책꽂이에 돌려놨다. 읽을수록 더 무기력해질 뿐이었다. 책장 구석에서 먼지만 먹고 있는 플라톤이며 소크라테스도 다시 꺼내 읽었다. 그러나 20대에도 리포트 제출을 위해 억지로 읽거나 장식품 역할만 했던 것이 이제 와서 술술 읽힐 리 없었다. 베스트셀러 반열에 오른 자기계발서도 마찬가지였다.

한마디로 나는 타인의 말에 온전히 귀 기울일 수 없는 심리 상태였다. 누군가의 말로 내 마음이 움직일 수는 없었다. 내 감정을 추스르는 것은 온전히 내 몫이었다. 이 불편한 상황을 해결하기 위해 필요한 것은 나와의 소통이었다.

종	이		해	우	소					

주말 내내 혼자 영화를 봤다. 주인공 곁에 배신자가 있거나,

태생의 비밀을 간직했거나, 갑작스레 죽음을 맞이하는 플롯

이 지루했다. 졸업은 못 했지만, 대학원에서 연극영화를 전

공하면서 너무 많은 영화를 본 탓이었다. 갑자기 그때의 학

비가 아까웠다. 집에서 가장 쉽게 현실을 잊는 방법은 영화

를 보는 일뿐이었다. 이따금 느껴지는 발목 통증도 짜증스

러웠다. 창밖으로 보이는 분주한 차량의 행렬과 자유롭게

걷는 인도 위 사람들이 부러웠다. 만날 때 귀찮다고 느껴졌

던 친구가 생각나기도 했다. 고요함이 마음을 차분하게 하는 게 아니라 오히려 갑갑하게 만들었다.

밤은 길게만 느껴졌다. 도통 잠이 오지 않아 목발을 짚고 창가 쪽에 다가가 창문을 열었다. 탁한 공기가 안으로 훅 들어왔다. 미세 먼지 탓에 숨을 들이쉬는 게 불쾌했다. 침대에 눕고 싶지 않아 책상에 앉았다. 방 불을 끈 채 책상 스탠드를 켰다. 노트북 전원을 켜는 일은 망설여졌다. 언제부턴가 매일같이 변하는 세상의 소식을 아는 게 반갑지 않고 불편했다. 책꽂이를 물끄러미 쳐다보다 연습장 한 권을 꺼냈다. 그러고는 뭔가를 써 내려갔다. 그때, 밖으로 꺼낼 수 없던, 내 안에 갇혀 있는 언어들이 불쑥 튀어나오기 시작했다.

'망할, 거지 같은, 완전 짜증. 화나 죽겠음. 짜증. 재수 없고, 시끄럽고…….'

불편한 감정이 종이 위에 서서히 드러났다. 종이가 찢어질 정도로 힘주어 선을 긋거나 도형을 그렸다. 형언할 수 없는 괴기스러운 모양이 드러났다. 유아기에나 묘사했을 법한

원시적 형상이었다. 그렇게 연습장 종이가 한 장씩 넘어갔다. 그 돌발적인 행위엔 쾌감이 있었다. 두서없는 문장과 단어, 불편한 욕설, 알 수 없는 선과 모양으로 하얀 종이가 채워질수록 가슴속 답답함이 줄어드는 게 느껴졌다. 그렇게 20분 이상 노트 위에서 손을 움직였다.

다음 날이 되니 어제보다 기분이 조금 나아졌다. 효과가 있다고 생각한 나는 다시 연습장을 꺼냈다. 종이에 적나라하게 적힌 단어를 보니 섬뜩하면서도 웃음이 났다. 원망하는 대상에게 직접 내뱉고 싶지만, 차마 할 수 없는 말들이었다. 그걸 보는 것만으로도 화가 가라앉았다. 욕설 가득한 종이를 간직할 것인지 잠시 고민했다. 누군가 내 방에 들어와 내가 써놓은 종이들을 보게 될까 두려웠다. 연습장 위에 그려진 몹쓸 단어를 뚫어지게 쳐다보다가 나지막이 읊조렸다. 그러고는 종이를 박박 찢어 쓰레기통에 버렸다. 스스로 돌아이처럼 느껴졌지만 속은 후련했다.

어쩌면 이게 솔직한 내 감정일지도 몰랐다. 타인에게 속 깊은 얘기를 털어놓는다 해도 감추는 게 늘 있기 마련이었다. 상대가 나를 어떻게 볼지 고려하게 되고, 감정이 격해지더라도 고운 말로 순화해 내가 처한 힘든 상황을 설명하기 위해 노력했다. 내가 겪는 불행, 누군가로부터 받고 있는 고통을 있는 그대로 드러낼 용기가 없었다. 상대도 내게 격식을 갖춰 조언했다. 위로의 형식을 취할 뿐 문제점을 아프게 꼬집지 않았다. 그 피상적인 관계 속에서 진심이 옅어졌다. 고민을 털어놔도 해결점을 찾을 수 없었다. 자신과의 대화가 필요하다는 것을 느꼈다. 방식은 서툴렀지만, 어젯밤의 낙서 같았던 행위 속에서 튀어나온 천박한 단어가 소통의 통로가 될 수 있을 것 같았다.

지금의 고민

기분 나쁜 일

싫어하는 사람

내 안의 부정적 감정과 관련된 내용 가운데 일단 '지금의 고민'에 대해 적었다. 대개 거주지, 돈, 결혼과 관련된 것이었다. '집을 살 수 있을까?' '사업해서 언제쯤 돈을 많이 벌 수 있을까?' '결혼은 반드시 해야 하나?' 등등 내 노력으로 해결할 수 없는 문제가 다수였다. 그렇다고 현재 내 삶을 무너뜨릴 정도로 심각한 일도 아니었다.

'집값'이라는 단어가 이제는 불편할 정도지만, 이 나라에서 집을 사지 못해 절망하는 사람은 나뿐만이 아닐 터였다. 사업도 최선을 다한다고 무조건 번창하지 않았다. '노력에 비례해 매출이 증대한다'는 통계는 없으니까. 지금 버는 것만으로도 생활에 어려움은 없었다. 그저 풍족하지 않을 뿐이었다. 더 욕심을 부리면 사업을 확장해야 하는데 그럴 여유는 없었다. 코로나 시국에 망하지 않는 것만으로도 감사하게 생각해야 했다. 처음 사업을 시작했을 때도 돈을 많이 버는 것이 목적은 아니었다. 내가 할 수 있는 일을 하면서 행복하게 살고 싶었다. 아버지도 늘 "돈이 나를 따라오게 해야지, 내가 돈을 좇으면 돈이 도망간다" 하고 말씀하셨다. 하지만 어쩔 수 없이 무언가 소유하기를 갈망하면 돈을 욕망하게 됐다. 아마 내가 지금보다 부유해도 그렇지 않을까. 인간의 욕심이란 끝이 없기 때문이다.

결혼에 대해 생각하면 미궁에 빠졌다. 이따금 부모님으로부터 핀잔을 들을 때마다 자책했지만, 내가 비혼주의자이거나 결혼에 대해 손을 놓은 것도 아니고, 몇 가지 상황을 겪으며 인연을 만나지 못한 게 내 탓은 아니라고 결론 내렸다. 애쓴다고 되지 않았다. 남편 혹은 시댁과의 갈등으로 피골이 상접하거나 이혼한 사람들의 얘기를 들으면, 차라리 미혼인 게 안도감이 들었다. 결혼이 개인의 행복을 보장하지 못한다는 것은 모두가 알고 있는 사실 아닐까. 솔로인 지금 상황이 행복한 것인지도 몰랐다.

'기분 나쁜 일'은 지금의 기분과 연관된 것들이었다. '골절된 다리' '위층 아저씨의 발망치' '친했다가 사이가 멀어진 친구' 등 지금의 내 상황, 주변의 환경, 아는 사람과 관련되어 있었다.

골절된 다리를 탓해봐야 소용없었다. 회복되기를 기다리는 게 최선이었다. 위층 아저씨의 발망치는 해결될 기미가 없었다. 엘리베이터에서 맞닥뜨린 그의 거구를 보았을 때, 그의 행동을 교정하는 일은 도무지 불가능해 보였다. 설령 그 사람이 이사하더라도 더 심각한 소음 유발자가 들어올 수 있었다.

'사이가 멀어진 친구'와의 관계에 대해 생각하면 갑갑했다. 그러나 돌이켜보면 어린 시절부터 이제까지 잘 지내다가 서먹해진 사이는 꽤 많았다. 그것이 납득될 때도 있었지만, 이유를 찾지 못해 답답한 적도 있었다. 어쩌면 인연의 끈이 거기까지인 것이다. '싫어하는 사람'도 한둘이 아니었다. 나에게 잘못을 덮어씌웠던 선배, 근거 없이 내 험담을 하고 다닌 친구 등 나를 극단적인 절망에 빠뜨렸던 사람에 대한 증오가 상처로 남아 있었다. 반면 머릿속에 떠올리면 마음이 아리는 존재도 있었다. 애정과 신뢰가 깊었던 사람이 배신의 대상이 된 경우였다.

그렇게 종이 위에 마음속 얘기를 적다 보니 어느새 30분 정도가 흘러 있었다.

'고민해봐야 별수 있나. 그렇게 심각한 것도 아니고.'

나는 결국 해결할 수 없는 문제로 나 자신을 괴롭히고 있었다. 누군가를 미워하는 일 또한 스스로를 괴롭히는 행위였다.

괴로움을 종이 위에 토해낼수록 마음은 진정됐다. 불

편했던 감정을 가슴속에 담고 되뇌었던 것이 나를 더욱 힘들게 했다는 걸 깨달았다. 불편한 감정은 쉽사리 머릿속에서 사라지지 않았고, 일상에서도 불현듯 머릿속을 헤집었다. 물론 종이에 그것을 썼다는 이유로 마음이 확 달라지지는 않았지만 분명히 쓰기 전보다 더 평온해졌다. 적어도 그 시간만큼은 타인에게 말로 털어놓을 수 없던 내밀한 감정을 모두 분출할 수 있었다. 손으로 기록하고, 종이에 적힌 것들을 응시하는 행위만으로도, 객관적으로 내 문제를 바라볼 수 있다는 확신이 들었다.

즐	거	움	의		회	상				

물론 하루 한 번 노트 위에 고민을 적는 일만으로 현실의 문제가 완벽하게 해결될 수는 없었다. 그래도 쓰는 행위를 지속했다. 감정을 정리하는 데 도움이 되어서였다. 스트레스는 불현듯 떠올랐다. 일을 하거나, 커피를 마시거나, 길을 걷는 순간에 머릿속을 헤집었다. 그럴 때 아무 말 없이 노트를 꺼냈다.

스스로를 다독이는 법도 알게 됐다. 부정적인 생각을 지속하는 게 해결책은 아니었다. 스트레스만 심해질 뿐이었다. 코로나는 속수무책으로 퍼졌다. 보는 사람까지 불편하게 하는 나의 깁스도 여전히 같은 자리를 차지하고 있었다. 인쇄소 비수기인 여름과 코로나가 맞물리면서, 조금씩 돌아가던 기계도 운행을 멈췄다. 우울감은 롤러코스터처럼 반복됐다.

지금의 고민
기분 나쁜 사람
짜증스러운 사람
싫어하는 것들

이전에 적었던 내용을 다시 적기도 했고, 새로운 내용을 덧붙이기도 했다. 부정적 감정을 기록한 지 10일째가 되자 우울감이 점점 옅어졌다. 고민 많은 친구에게 이 방법을 추천했다.

"나도 해볼까? 퍼붓고 싶은 말 있으면 종이에 다 써봐야겠어."

"해봐. 효과 있어."

"참, 우리 애가 유치원에서 했다는 거 생각나. 좋아하는 사람이나 기분 좋은 순간, 행복했던 순간 적어보기. 감정이 딱 그거랑 반대네."

친구의 말에 멈칫했다. 긍정적인 것들에 대해 적어볼 생각은 조금도 하지 못했다. 아마도 내 안에 부정적인 감정이 컸기 때문일 것이다. 천진난만한 아이들은 행복한 일을 생각하기만도 벅찰 것이다. 아이들처럼, 고민이 아니라 즐거운 순간을 메모하는 일에 호기심이 생겼다.

행복했던 순간

하고 싶은 일

좋아하는 사람

긍정적인 이미지가 가득한 단어를 적으니 기분이 조금 나아졌다. '행복했던 순간'을 떠올리면 20대 초반의 날들이 먼저 생각났다. 모든 게 처음이고, 새로워서 좋았다. 세련되지 못했지만 풋풋함이 있었다. 다가오지 않은 삶에 대한 기대와 설렘도.

처음 파리로 여행 갔을 때, 신촌역 손수레에서 막걸리를 사서 밤늦게까지 마시던 날, 처음으로 남자 친구를 사귀었을 때, 한강 위에 펼쳐진 하늘에서 터지는 불꽃놀이를 보았을 때……. 그때를 상상하는 것만으로도 입가에 미소가 번졌다. 성인이 되어 서울이라는 공간으로 이동했을 무렵이기도 했다. 지방 출신에게 서울이라는 도시에 살게 되는 일은 삶에 특별한 의미를 지닌다. '서울'이라는 단어가 주는 설렘은 아마 서울에서 나고 자란 사람은 상상하기 어려울 것이다. 2000년대 초반은 삶에 대한 불안감이 없던 시절이기도 했다. 행복했던 찰나를 기억하려고 사진을 찍고, 메모했다. 그리고 싸이월드라는 플랫폼에 그 기억들을 차곡차곡 담았다.

10년 넘게 이용하지 않던 플랫폼에 접속하자 하루의 일상을 기록하는 데 열중했던 내 모습이 떠올랐다. 과거의 기록은 과감하고 놀라웠다. 치부를 드러내는 일에 거침이 없었고, 맞춤법이 잘 지켜지지 않은 글도 다수였다. 타인에게 보여지는 모습보다 내가 현재 느끼는 감정에 충실했다. 지금보다 훨씬 솔직했던 내가 그리웠다. 지금의 나는 SNS에 나의 일상을 공유하는 일에 흥미가 없었다. 인스타그램이나 페이스북도 계정만 만들어놓았을 뿐 정보를 업데이트하지 않았다.

과거의 내 싸이월드를 살펴보니 그 이유를 짐작해볼 수 있었다. 그 시절에 느낀 행복은 서른이 넘어서 느끼는 것과 달랐다. 겪은 일이 많아졌고, 새로움이 적어진 탓이다. 서른이 넘어 즐거웠던 순간을 떠올리면 부끄러워졌다. 명품 가방을 사거나, 맛있는 음식을 먹거나, 오성급 호텔을 즐기던 순간이 먼저 생각났다. 삶의 기준이 물질적인 것에 집중됐고, 타인의 시선을 끊임없이 의식하게 되었다. 그런 경험은 현재에 대한 만족을 주기보다 자꾸만 더 비싸고 희귀한 것들을 갈망하게 했다.

'하고 싶은 일'이라는 단어 앞에서는 멈칫했다. 행복했던 순간의 대부분을 차지하던 20대에 인생은 늘 도전이었다. 새로운 경험이 언젠가 내 인생의 가치를 높여줄 것이라 믿었다. 30대가 되면서 그런 생각이 변했다. 경제성을 고려하며 행동했다. '하고 싶은 일'과 '할 수 있는 일'은 달랐다. 열정

페이를 받으며 일했던 게 오히려 상처가 됐다. 적은 돈을 받고 수없이 많은 글을 쓰면서 자존감이 떨어졌다. 값진 경험이라고 생각하기에는 기회비용이 컸다. 평가 혹은 채용 결과를 기다리며 사회에 대한 신뢰를 잃어갔다. 20대에 쿨하게 넘길 수 있던 말이 서른이 넘으니 점차 받아들이기 어려워졌다.

세상 모든 일이 돈이나 직업과 연관되는 것은 아니라고 생각했다. 직업이 아닌 취미라는 영역도 있으니까. 그것에 대해서는 자유롭게 도전하는 편이었다. 취미 생활에 많은 돈을 쏟아부었다. 꽃꽂이, 캘리그래피, 발레를 좋아했다. 털털한 성격인 나의 실제 모습과 다른 느낌의 활동이었다. 무엇보다 내 취미 활동의 특징은 개연성이 없고, 한 가지 종목을 끝까지 해내지 못한다는 데 있었다. 활동 자체는 즐겁지만, 그것이 직업이 될 수 없다고 생각하면 중지하게 됐다. 삶에 대한 불안이 취미조차 안정적으로 이어나가게 할 수 없었던 것이다.

'좋아하는 사람'에 대해서도 술술 쓰기 어려웠다. 한 번에 쉽게 이름을 적을 수 있는 사람도 있지만, 망설여지는 사람도 있었다. 누군가의 이름을 썼다 지웠다 하기를 반복했다. 사이가 좋았다가 싫어진 사람이 있고, 자주 만나다가 연락이 뜸해진 사람도 있었다. 그런 관계에서는 상처도 따르기 마련이었다. 어떤 관계에서는 상대를 지독히 원망한 적도 있었다. 내 실수로 멀어진 관계에 대해 자책하기도 했다.

물론 좋은 기억만 가득한 사람도 있었다. 누군가를 떠올리면 기분이 좋아졌다. 상대방의 이름을 적는 것만으로 말이다. 내게 아름다운 선유도 공원뷰를 처음으로 보여준 애인, 곤경에 처한 내가 외롭지 않도록 밤거리를 함께 배회해준 동료, 낯선 여행지에서 길치인 나를 가이드해주던 친구, 이따금 내가 힘든 일을 겪을 때마다 진심으로 조언해준 선배의 모습이 떠올랐다. 그들 중에 한동안 보지 못한 사람도 많았다. 현실에 찌들고 관심사가 달라지며 만남이 뜸해진 것이다. 그저 기록만을 위해 사람들을 떠올리다 보니 마음속에 진정으로 '좋은 사람'과 '싫은 사람'이 선명히 구분됐다. 그리고 좋은 사람으로 기억하고 있는 사람이 생각보다 많다는 사실에 놀랐다.

'나는 타인에게 어떤 사람으로 기억되고 있을까?'

싫은 사람에 대해 썼을 때는 이름을 쓰는 순간부터 상대의 모습이 떠올라 고통스러웠다. 반면 좋은 사람은 이름을 쓰는 것만으로도 설렘이 느껴졌다. 그들과 보내던 행복한 시간이, 상대가 건네던 농담과 고운 말, 웃음이 그리웠다. 그들 중 오랫동안 보지 못했던 사람에게 문자 메시지를 보냈다. 그가 곧바로 보내온 답장에 기분이 좋아지면서 내 곁에 있던 좋은 사람들을 잊고 지낸 시간들이 아깝게 느껴졌다. '사람이 귀찮고 싫다'고 생각하며 만남을 피했던 내가 부끄러웠다.

종	이		루	틴					

우리는 늘 타인과 경쟁하며 평가받는다. 현대사회를 살아가려면 어쩔 수 없다. 그런 태도가 삶의 습관이 되면, 쉽게 넘어갈 수 있는 일에도 예민해지는 법이다. 남들과 자신을 비교하며 조급해하고, 현실에 만족하지 못한다. 나 역시 그랬다. 작은 일에 감사할 줄 몰랐고, 늘 불만이 많았다. 그런 감정으로 스스로를 괴롭혔고, 우울감에 시달리거나 두통을 겪기도 했다.

그런 불편한 감정을 방치하는 일에 한계를 느꼈을 때, 종이와 마주했다. 하얀 백지 위에 마음 가는 대로 펜을 끄적일 때는 별 기대감이 없었지만, 쓰면서 조금씩 변화했다. 현재의 나를 바로 보게 됐다. 불편한 감정이 줄어들고, 조금씩 긍정적인 사람으로 변화했다.

- **격정**   지금의 고민

    기분 나쁜 일

    싫어하는 사람

- **감사**   행복했던 순간

    하고 싶은 일

    좋아하는 사람

매일 내게 같은 질문을 던졌지만 답변은 매번 달랐다. 하루의 일상이 달랐기 때문이다. 매번 다른 일을 겪고 새로운 사람을 만나면 생각이 변했다. 상황에 따라 사고가 발전하기도 하고 도태하기도 했다. 직접 종이에 답을 쓰면서 내 머릿속을 채워온 고민이 얼마나 하찮은지 알게 되었다. 고민이라는 것도 머릿속으로 생각하면 눈덩이처럼 커지지만, 종이에 적으면 물 빠진 스펀지처럼 쪼그라들었다. 종이는 내 삶에 미묘한 변화를 일으켰다. 머릿속이 복잡할 때 종이에 고민을 꺼냈다. 그 행위로 분노의 감정을 잠재우고, 좋은 감정을 불러일으킬 수 있었다.

'행복했던 순간'은 현재의 기분과 상관없이 기록했다. 그러면 좋은 기분을 더 오랫동안 누릴 수 있고, 기분 나쁠 때는 불쾌감을 진정시킬 수 있었다. 기록의 수단인 펜과 노트도 신중히 골랐다. 쓰는 일은 자연스럽게 나의 일과가 됐다.

"이제 기분이 좀 괜찮아졌나 봐?"

소파에 널브러져 있는 게 아니라 똑바로 책상에 앉아 필기하는 내 모습이 무언가 달라 보였는지, 동생이 내게 물었다. 내가 책상 앞에 앉은 이유는 오로지 '종이' 때문이었다.

종이는 나의 깊고 진중한 카운슬러였다. 밖에서 겪은 곤경을 누군가에게 털어놓기 꺼려질 때 종이 위에 얘기를 풀어냈다. 종이는 나의 가장 가까운 친구이며, 나 자신이기도 했다. 나는 필체와 단어를 신중히 골라가며 내 기분을 온전히 그 위에 드러냈다.

감정을 돌이켜보는 시간은 밤이 적절했다. 잠들기 10분 전, 하루 동안 내 머릿속을 가득 채우던 고민과 불편했던 감정을 기록하며 해소했다. 고민과 기분 나쁜 것들에 대해 적고 나면 마음이 한결 가벼웠다. 전화로 누군가에게 푸념을 늘어놓는 것 이상의 후련함도 있었다. 누군가에게 나의 모든 상황과 단점을 숨김없이 털어놓는 일이 쉽지 않아서이기도 했을 것이다.

단순히 고통스러운 하루의 기억만 떠올리는 일에 그치지 않았다. 기분 좋은 일도 떠올렸다. 하루 동안 행복했던 순간이 떠오르지 않으면 과거에서 그 조각을 찾았다. 그러다 보니 매일 하고 싶은 일이 달라졌다. 세상을 살면서 보는 것들이 많아서일 것이다. 좋아하는 사람은 한 명이라도 일부러 생각해서 글씨로 적었다. 떠올리고자 노력하다 보면 한 명쯤은 생각나기 마련이었다. 허겁지겁 엘리베이터로 뛰어가는 나를 기다리며 열림 버튼을 눌러준 낯선 사람, 출근길에 먼저 밝게 인사해주던 경비 아저씨 등을 떠올리며 작은 것에서부터 고마움을 느껴보려고 했다.

감정을 기록하는 일엔 특별한 지식이 필요하지 않았다. 그저 현재 느끼는 감정을 문장으로 표현하면 되었다. 하루 10분의 투자만으로 잠도 깊이 잘 수 있었다. 심한 스트레스를 받고 잠들면 꿈을 꾸거나 잠을 설치지만, 숙면을 방해하는 요소를 종이 위에 쓰면 곤히 잠들 수 있었다.

"요즘 얼굴이 한결 편해진 것 같아."

평소 사무실에 자주 놀러 오던 지인이 말했다. 자주 얼굴을 보는 사이라 내 표정 변화를 쉽게 감지할 수 있었나 보다. 분명히 상대방이 확연하게 느낄 수 있을 정도로 내 감정은 안정됐다. 그리고 2년이 지난 지금까지 이 습관을 유지하고 있다. 여전히 코로나라는 악재와 불안한 경제적 환경은 사라지지도 나아지지도 않았지만, 분명 내 감정은 이전보다 고요하고 평온해졌다.

매일 코로나 확진자 추이를 살피고 상대의 숨소리에 신경 써야 하는 바이러스의 시대에 우울감이 증가하는 건 당연할지도 모른다. 그러나 나는 코로나의 시기를 지내면서 우울감이 줄었다. 극도의 우울함 속에서 '종이'라는 존재를 발견하고, 그것으로 나의 감정을 안정된 상태로 변화시켰다. 누구나 쉽게 할 수 있는 나의 방식을 '종이 루틴'이라 부르며 지인들에게 추천했다. 매일의 습관이 될 수 있는 부담 없는 행동이니까.

기	록	의		이	유					

한동안 매일 감정을 기록했다. 그건 무의미하고 건조하게 여겨지던 하루에 가치를 부여하려는 노력이기도 했다. 그 사소한 작업이 삶에 활력을 줬고, 그 행위를 긍정적으로 인식케 했다.

하지만 언제부턴가 나의 감정 기록 방식이 조금씩 달라지는 것을 느꼈다. 손보다 머리가 먼저 움직였다. 마음 가는 대로 쓰지 않았고, 형용사를 고민했으며, 그럴듯한 문장을 만들려 했다. '기록'이라는 행위 자체에 도취된 듯했다. 타인

142

과 공유할 대상이 아닌데, 그럴듯한 짜임새를 갖춘 감정 노트를 만들고 싶었던 것 같다. 쓸데없는 자존감이 개입된 것이다. 단문이 장문으로 변했고, 내용도 길어졌다. 이전처럼 단순하게 쓰고 싶은데, 그게 잘 되지 않았다.

처음 연습장 위에 생각나는 대로 내 감정을 표현했던 날을 떠올렸다. 최근에 다시 비슷한 감정을 느꼈지만, 이번에는 정제된 문장이 튀어나왔다. 감정 기록이 습관이 되어 필기 방식이 체계화된 것일 수도 있지만 그 행위가 가식적으로 여겨졌다. 형식이 본질을 가리는 느낌이었다. 다시 종이 위에서 솔직해지고 싶었다.

감정 기록을 시작했을 때의 초심이 사라질까 봐 두려웠다. 그 이유를 곰곰이 생각해봤다. 일시적이며 현실적인 영향일 수 있었다. 홀로 감정을 기록하는 시간보다 사람들 사이에서 북적거리며 보내는 시간이 길어졌다. 타인의 의중을 살폈고, 관습을 따르고자 노력했다. 약육강식의 현대사회에서 살아남기 위한 본능적 행위이기도 했다. 깊은 산속 오두막집에서 홀로 사는 게 아닌 마당에 자신에게만 집중하는 일은 쉽지 않았다. 혼자 감정을 기록하는 순간에도 내가 아닌 타인과 사물을 떠올렸다.

'내 마음은 뭘까.'

행위의 이유도 궁금했다. 감정의 근원이기도 한 내 마음을 알면 지금의 고민이 해결될 것 같았다. 명상법에서 사용하는 '마음챙김'이라는 용어가 반사적으로 떠올랐다. 마음챙김은 초기 불교의 마음 수행 방법론 중 하나로, 과거 미얀마와 스리랑카 등지에서 유행한 위빠사나라는 방식에서 유래됐다. 이 수행은 '지금 여기에서 일어나고 있는 일'에 마음을 챙겨 알아차리는 것을 목적으로 한다. 어쩌면 이 마음챙김 수련을 통해 지금 나의 문제점을 해결할 수 있을 것 같았다. 한 대학의 해부학 교수님이 진행하는 명상 수업을 한 학기 동안 수강하기로 결정했다.

교수님은 우선 명상이 인간의 두뇌활동에 미치는 영향을 과학적 데이터로 보여주었다. 종교 이외의 관점에서 명상의 가치에 대해 판단하고, 그것을 신뢰하게 하는 과정이기도 했다. 수업을 통해 다양한 명상 방법이 있다는 걸 알 수 있었다. 하지만 모든 수행의 본질은 같았다. 바로 지금 이 순간의 내 감정을 알아채는 일이었다. 동시에 이것이 명상에서 가장 어려운 부분이며, 핵심이기도 했다.

바른 자세로 앉아 호흡하고 지금 나의 몸 상태를 느끼며 나에게 온전히 집중하려는 순간, 잡념은 교묘하게 머릿속을 헤집었다. 당장 처리하지 못한 회사 일, 갈등을 빚고 있는 사람, 갖고 싶은 사물 등이 떠올랐다. 그것이 꼬리에 꼬리를 물고 이어졌다. 명상 중간에 스스로에게 집중하지 못하는 나를 발견하거나, 안내자 멘트가 끝났을 때 비로소 알아채기도 했다. 눈을 감고 명상하다 꾸벅꾸벅 졸기도 했다. 내게 특정 대상에 집중하는 다른 명상(만트라, 호흡 방식)보다 마음챙김 수행법은 더욱 어려웠다. 자기 자신에게 온전히 집중하는 일이 말처럼 쉽지 않았다.

수업 시간 외에도 틈이 날 때마다 명상을 시도했다. 주차장, 카페, 사무실, 집 등 장소를 가리지 않았다. 시끄럽지 않거나, 중간에 나를 찾을 사람이 없다면 어디서든 명상이 가능했다. 수업 시간에 통제된 분위기 속에서 안내자의 멘트에 따라 행해도 잘되지 않아서 새로운 장소에서 시도해봤는

데, 뜻밖의 어수선한 장소에서 더 수월하게 될 때도 있었다. 중요한 것은 장소와 분위기가 아니라 나의 마음이라는 것을 알게 됐다.

"명상이라는 게 음악 틀고, 향 피우고, 그럴듯한 데서 분위기 잡고 하는 게 아니에요. 혼자 알아서 잘하는 거지."

첫날 명상 수업에서 교수님이 했던 말을 이해할 수 있었다. 명상을 시작한 지 두 달 정도가 지났을 때는 잡념 없이 온전히 나에게 집중할 수 있는 날을 경험했다. 단 한 번도 잡념에 흔들리지 않고, 10여 분간 오로지 내 현재 상태에 집중한 것이다. 꽉 차 있던 머릿속에 여백이 생겨난 것처럼 개운했다. 물론 그런 날이 계속 이어지지는 않았다. 일상에서 화가 나거나 고민에 빠졌을 때 명상 도중 딴생각을 하기도 했다. 안내자의 멘트와 관계없이 자세를 변경하거나 한숨을 쉬었다.

"제가 명상을 제대로 하고 있다는 생각이 안 들어요. 시간을 들일수록 나아지는 것 같지가 않아요."

"시간을 두고 천천히 하다 보면 될 겁니다. 스스로 문제점을 발견했다는 것도 '알아차림'을 했다는 거고요. 그런 문제점을 인지했다는 것도 발전하고 있다는 증거입니다."

답답함을 토로하는 내게 교수님이 준 답이었다. 그 말을 믿고 명상을 지속했다. 어떻게 보면 그런 '모호함'이 내 삶의 모습과 비슷하게 느껴져서 오히려 매력적이었다. 수업 시간에 호흡 명상, 자애 명상, 먹기 명상 등 다양한 방식으로 수련했다. 반면 홀로 연습할 때는 마음챙김 방식만 고집했다. 간혹 동일한 방식이 지겹다고 느껴질 때만 숫자를 세며 호흡하는 수식관數息觀 명상을 했다. 매일 명상을 하면서 그것으로 나의 마음을 바라볼 수 있었다.

완벽히 명상을 즐기는 사람처럼 나를 표현하고 싶지만, 사실은 그렇지 않다. 아직 명상 기간이 짧아서일 수 있지만 삼사 년이 지나도 지금과 별반 다르지 않을 것 같다. 평생 마음 수련을 하는 종교인에게도 자신의 마음을 들여다보는 일은 쉽지 않다는 걸 어느 스님이 쓴 명상에 대한 불교 관련 서적을 읽으며 느꼈다. 그런 이유로 자칭 명상가라고 하는 몇몇 사람들의 유튜브나 책을 신뢰하지 않는 편이다. 요가와 음악 등의 장르를 접목해 그럴듯한 분위기를 연출하는 콘텐츠에서 명상의 진정성을 찾아보기는 힘들었다. 자기 연민과 자존감에 대한 얘기가 오히려 더 많았다. 그들 스스로 자기 마음을 들여다보는 연습을 제대로 하는지 의문이었다.

명상을 한 지 1년쯤 되었지만 아직 나의 명상은 원활하지 않다. 여전히 '내 마음을 알고 싶다'는 초기 목적도 여전히 달성하지 못하고 있다. 불같이 화가 날 때는 명상보다 페페로니 피자에 맥주 한 캔을 곁들여 먹거나 쇼핑을 했다. 그런 순간에 명상을 시도해본 적도 있지만 내게는 전자가 효과적이었다.

그럼에도 어떻게든 명상의 끈을 놓지 않고, 그런 마음으로 매일 명상을 한다. 그리고 노트에 감정을 기록한다. 두 가지 행위를 하나의 세트처럼 행한다. 그리고 이제 더 이상 나의 감정 노트에 대한 평가를 하지 않고, 아름답거나 품위 있는 형용사를 쓰고 싶은 내 마음을 그대로 인정하기로 했다. 그것도 나의 모습 가운데 하나일 뿐이니까. '가식적으로 변

148

했다'거나 '쓸모없는 자존감이 개입되었다' 같은 판단도 내리지 않기로 했다. 어떤 결론을 내리려는 것 자체가 더 이상 의미가 없었다. 옳고 그름을 판단하지 않는 일, 그것이 바로 마음챙김의 수행법이기도 하다.

현재 나의 상태를 인정하니 마음이 한결 편해졌다. 그리고 그렇게 감정 노트를 쓰던 어느 날, 수식어가 사라진 단순한 문장을 쓰는 나를 발견했다. 그 이유도 생각하지 않기로 했다. 감정 기록을 행한 것 자체가 내면의 불안과 스트레스를 분출하기 위해서였다. 그게 어떤 모양으로 종이 위에 드러나든 별로 중요하지 않았다. 누군가 종이에 감정을 기록하는 이유를 물어온다면 이렇게 답할 것 같다.

"그냥 지금 하고 싶어서요."

당분간 애써 답변의 이유를 생각하지 않을 생각이다. 현재의 내가 느끼는 것을 쓰는 일이 감정 기록의 본질이라 믿기 때문이다.

PART 4

평온한 관계

필	사	의		깊	이				

글 쓰는 매 순간이 즐거울 수는 없는 노릇이다. 단어와 문장을 어떻게 이을지 생각하면 머리가 지끈거리기 일쑤다. 물론 컨디션이 좋은 날엔 왠지 아이디어가 풍부해지고 손이 자연스럽게 움직이지만, 그렇지 않은 날도 다수다. 그럼에도 쓰기를 멈추고 싶지 않을 때가 있다. 그런 순간에는 누군가의 글을 따라 써본다.

내가 필사를 처음 시작한 것은 10년 전이었다. 대본을 쓰며 종종 난관에 부딪혔고, 다음 문장을 이어서 쓰기 어려운 상황이 잦았다. 글이 잘 써지지 않을 땐 간혹 운동장에서 땀이 흠뻑 날 정도로 달리기를 했다. 머릿속을 채운 잡다한 생각이 땀과 함께 내 몸 밖으로 빠져나가는 것 같았다. 그러면 기분이 상쾌해져서 다시 잘 써지기도 했다. 물론 그게 소용없는 날도 있었다. 체력이 고갈되어 낮잠에 빠지기도 했다. 모든 게 의지만으로는 해결되지 않았다.

함께 글을 쓰던 친구가 내게 '필사'를 권했다. 좋아하는 작가의 대본을 그대로 따라 써보는 일이었다. 처음엔 반신반의했고, 쓸데없는 일처럼 여겨졌다. 그러다 창밖에 비가 쏟아지던 날, 한번 해보자 하는 심정으로 달리기 대신 필사를 시도했다.

두 회 분량의 대본을 필사하며 생각이 달라졌다. 대본을 읽을 때는 완벽히 이해했다고 생각했는데, 다시 읽으니 놓친 부분이 보였다. 새로운 감정을 느끼기도 했고, 문장을 더 깊이 이해할 수도 있었다. 그것은 작가가 글을 쓸 때 경험한 의식의 흐름을 답사하는 과정 같기도 했고, 무엇보다 글의 구성 방식을 익히기에 유용했다.

필사는 영상을 보거나 대본을 한 번 더 읽는 것보다 훨씬 효과적이었다. 주인공에게 이런 생각이 들었을 수도 있겠구나 싶었고, 다시 보니 작위적으로 느껴지는 부분도 있었다. 그때부터 좋아하던 시나리오와 드라마 대본을 필사했다. 필사할 때는 주로 0.7mm 샤프를 사용했다. 학구열에 불타던 고등학교 시절에 애용했던 샤프심 굵기다. 손압이 강해서 얇은 걸 쓰면 심이 자주 부러졌다. 0.7mm를 사용하면 부러지는 빈도가 줄어 학업에 더 집중할 수 있었다. 공부에 진심이었던 그 시절의 도구를 사용해 필사에 열정을 불어넣고 싶었다.

그런데 어느 날, 한동안 지속하던 그 행위를 멈추게 됐다. 드라마 작가의 꿈을 포기하면서 필사의 필요성이 사라진 것이다. 서류를 정리하고 기획안 내는 일이 더 중요해지면서 자연스럽게 독서량도 줄었다. 집에서 휴식을 취할 때면 책상 앞에 앉기보다 소파에 널브러져 과자를 먹으며 리모컨을 돌리는 일이 빈번했다.

그즈음, 집 정리를 콘셉트로 하는 프로그램이 다수 생겨났다. 그걸 보다 나도 문득 청소를 하고 싶어졌다. 집 안에서 필요 없는 물건이 무엇인지 살펴보다가 벽면에 가득 쌓인 책이 시야에 들어왔다. 작법서, 미술 이론서, 소설책 등이 거추장스럽게 느껴졌다. 한 권 완독하는 데 몇 시간이 걸리는 책들이었다. 이제 긴 시간을 할애해 두꺼운 책을 읽을 열정은 내게 사라지고 없었다. 책꽂이에서 책을 모두 꺼내, 버릴 책을 분류했다. 중고 서점에 팔아버릴 생각이었다.

지난 몇 년간 한 번도 들춘 적 없는 책만 골라냈다. 책을 살피다가 멈칫했다. 영국 작가 조지 기싱의 수필집 《기싱의 고백》과 박완서 작가의 산문집 《나의 만년필》 앞에서였다. 한동안 내 인생에 큰 의미를 준 존재감 있는 책들이었다.

《기싱의 고백》을 접한 것은 중학교를 졸업할 무렵이었다. 헨리 라이크로프트라는 영국의 가난한 작가가 노년기에 사계를 관찰하며 느끼는 자연에 대한 감상과 지나온 삶에 대한 성찰을 담담한 어투로 기록한 책이었다. 당시 내게 죽음은 멀고 먼 얘기였다. 하지만 그 책을 통해 생의 마지막 순간을 상상했다. 스산했던 겨울 날씨 덕분에 책 내용에 더 깊이 빠져들었다.

"한 작품을 오랫동안 고통스럽게 써서 그 끝을 본 후에 감사의 한숨을 쉬며 펜을 내려놓은 적이 얼마나 많이 있었던가. 결함투성이의 작품이었지만 나 나름대로 성실하게 썼으며, 시간과 환경과 천성이 허용하는 한 최선을 다해서 쓴 것들이었다."

-《기싱의 고백》 중에서

대학을 졸업할 때까지 매년 12월,《기싱의 고백》을 한 번씩 습관처럼 읽었다. 일상에 쫓기듯 살다 그 책을 읽으면서 삶의 마지막 순간을 상상했고, 현실의 덧없음을 상기했다. 그러면 지금보다 내가 조금 더 근사해지는 느낌이었다. 누군가가 내게 '가장 감명 깊게 읽은 책'이 무엇인지 물어올 때마다 망설임 없이《기싱의 고백》이라고 대답했다.

박완서 작가가 쓴《나의 만년필》과의 만남도 우연이었다. 나는 서른 초반에 만년필을 처음 사용했다. 대형 서점에서 만년필을 고르던 낯선 이가 근사해 보여 따라서 한 자루를 산 게 시작이었다. 종이 위를 미끄러지는 만년필 특유의 사각거리는 촉감이 신비로웠다. 볼펜이나 샤프처럼 쉽게 써지지 않는 불편함이 오히려 매력으로 다가왔다.

만년필을 카트리지로 리필해 쓰다가 병잉크를 사용하기 시작하면서 궁금한 것이 많아졌다. 만년필 관련 서적을 빌리려고 도서관을 찾았다. PC에서 '만년필'을 검색했는데, 《나의 만년필》이라는 책이 상단에 떴다. 이전까지 박완서 작가의 소설은 읽었지만, 산문집을 읽은 적은 없었다.

"만년필의 노쇠와 함께 내 몸의 노쇠 현상이 갑자기 나타나기 시작했다. 글만 쓰려고 하면 허리가 비비 꼬이게 아프고, 늑간이 뜨끔뜨끔 쑤시면서 누울 자리만 보이고 글쓰기가 죽기보다도 싫어지는 것이었다."

-《나의 만년필》 중에서

최고의 작가에게도 글 쓰는 일은 심리적 부담이었던 것같다. 《나의 만년필》은 작가의 사회, 가족, 문화에 대한 시선이 담긴 산문 48개가 수록된 수필집이다. 만년필 에피소드는 그중 하나였다. 그밖에도 《나의 만년필》에는 공감할 수있는 부분이 많았다. 글을 쓰며 겪는 불편함, 여성 차별적인시각, 역할 갈등 같은 내용이 그랬다. 내가 아니더라도 어머니와 나의 자매 중 누군가 겪었을 일이기도 했다.

《기싱의 고백》과 《나의 만년필》을 보니 소중하게 여긴 책들을 한동안 외면하고 지내던 시간이 안타까웠다. 그것들을 위해 어떤 행위라도 하고 싶어졌다. 내가 가진 지류 상품 중에서 고가에 속하는 클레르퐁덴 노트와 워터맨 만년필을 꺼내 책 속 문장의 일부를 따라 썼다. 잉크가 번지지 않도록 조심해야 한다는 압박감이 스릴 있었다. 샤프로 대본을 필사할 때와는 다른 느낌이었다. 수정이 어렵기 때문에 글자를 틀리지 않으려면 집중해야 했다.

퇴근 후 내 행동 패턴이 바뀌기 시작했다. 소파가 아닌 책상 앞으로 다가가 필사를 했다. 위대한 작가의 문장을 온몸으로 흡수하는 사이, 만년필과 더욱 친밀해졌다. 필사를 통해 만년필에 대한 관점도 바뀌었다. 과거엔 비싸고 고급스러운 것에 열광했다. 하지만 필사를 하며, 남에게 보여지는 것보다 내가 느끼는 것이 더 중요하다는 것을 알게 됐다. 만년필의 그립감과 필기감을 우선순위로 두었다. 내게 트위스비라는 대만 브랜드 중저가 만년필이 그런 존재였다.

어떤 도구를 사용하는지에 따라 필사의 느낌이 달라졌

다. 노트북 자판을 두드리며 따라 쓰는 필사, 사각거리는 샤프로 쓰는 필사, 잉크의 번짐을 고려해야 하는 만년필 필사 등 모두 저마다 다른 매력이 있었다. 노트북 자판을 두드리며 쓰면 정보를 기록하고 저장한다는 느낌이 강하지만 손으로 쓸 때는 '진짜 쓴다'는 느낌이 있었다. 샤프와 달리 만년필은 회화적으로 구현하는 느낌이 있고, 비록 남의 글이지만 내 손에서 제2의 형태로 재탄생하는 것 같았다.

최근 들어 서점에 다양한 형태의 '손글씨' '필사' 관련 서적이 출시되는 것을 보면 손글씨의 특별한 느낌을 추구하는 사람이 늘어나고 있는 것 같다. 그런 책의 목적은 타인보다 조금은 반듯하고 근사한 글씨를 쓰는 일이다. 그러나 나는 필사를 하며 글씨체에 크게 신경 쓰지 않는다. 크기가 일정하지 않거나 삐뚤거리는 것을 자연스럽다고 여긴다.

한때 나는 필사를 비생산적인 행위로 판단했다. 누군가의 글을 따라 쓰는 일보다 그 시간에 새로운 것을 창작하는 게 효율적이라 생각했다. 하지만 필사를 하며 생각이 바뀌었다. 필사는 누군가의 삶과 그가 겪어온 시간을 완벽히 이해하는 특별한 작업이다. 손으로 쓰는 일은 두뇌와 몸을 동시에 자극한다. 글을 쓰거나 창작하고 싶은 욕구를 불러일으킬 수 있고, 무엇보다 어떤 글을 직접 따라서 쓰다 보면 읽을 때 깨닫지 못한 것들이 보인다. 멋진 풍경을 사진으로 볼 때와 실제 눈앞에서 볼 때가 다른 것처럼 말이다.

| ' | 날 | ' | 이 | | 아 | 닌 | | | | |
| ' | 나 | ' | 를 | | 위 | 해 | | | | |

취향에 맞는 다이어리를 선택하고 펜과 스티커로 장식하면
그것은 세상에 단 하나뿐인 나만의 물건이 된다. 이 과정에
는 특별한 만족감이 있다. 아마도 이게 '다꾸(다이어리 꾸미
기)'를 즐기는 사람들이 많아진 이유일 것이다. 다꾸는 일상
의 작은 행복을 추구하는 '소확행' 트렌드에 부합하기도 한
다. 나 역시 서른이 넘으며 다이어리를 다시 쓰기 시작했고,
그러면서 새로운 재미를 발견하는 중이다.

　우리가 일반적으로 일컫는 '다이어리'는 일정을 기록하

는 것이 목적이지만, 각자의 성격에 따라 쓰는 방식이 달라진다. 계획주의자들은 연, 월, 주별로 스케줄을 기록한다. 하루를 시간 단위로 기록하거나, 그날그날의 성과에 대해 평가나 점수를 매기는 사람도 있다. 나도 그 방식을 따라 해본 적이 있는데, 마치 업무보고서 같은 느낌이라 스트레스를 받아서 며칠 만에 그만뒀다. 즉흥적인 성향인 내게는 맞지 않는 방식이었다. 그 대신 그 주의 간단한 목표를 쓰고, 그날의 일정만 기록했다.

내가 일정 다이어리를 쓰는 목적은 중요한 일과 약속을 기록하고 그것을 잊지 않기 위해서일 뿐, 구체적으로 기록하거나 장식하는 일은 필요하지 않았다. 다른 사람을 따라 애교 섞인 글씨와 앙증맞은 그림으로 다이어리를 꾸며봤지만, 즐겁지 않았다. 그것마저 누군가에게 보여주려고 만든 과제처럼 느껴졌다.

몇 달간 시행착오를 겪으며 내가 선택한 방식은 꾸밈없이 건조한 타입으로 다이어리를 쓰는 것이었다. 다이어리도 단순한 디자인의 제품을 사용했다. 대개 겉면은 두꺼운 합지 재질에, 주 단위로 적을 수 있는 흰색 내지로 제본한 것이

가벼워서 휴대성도 좋았다. 몇 번의 실패 끝에 선택한 것은 양지사의 다이어리다. 국산이고, 가격에 비해 종이질이 우수한 게 주된 이유였다. 가끔 만년필로도 종종 필기를 하는데, 내지가 만년필 전용이 아니어도 잉크 번짐이 적은 게 마음에 들었다.

일정 다이어리 외에 독서 다이어리를 쓰기 시작한 것은 읽은 책의 내용을 잊지 않기 위해서였다. 이전과 달리 같은 책을 두 번 이상 읽는 일은 드물어졌다. 워낙 많은 책이 출시되고, 그만큼 읽고 싶은 책도 많아져서다. 매일 수백 권의 책이 쏟아져 나오는 와중에 내가 어떤 책을 완독했다는 것은 그게 나와 특별한 인연이 있다는 뜻일 것이다. 베스트셀러라고 무조건 읽지 않는 내게는 더욱 그렇다.

책을 고르는 나만의 비합리적 방식이 있다. 서점에 들어서면 눈에 띄는 부스나 소품과 어우러져 메인 공간에 멋지게 전시된 책은 주목하지 않는다. 책꽂이나 평대를 서성이다 끌리는 책을 꺼낸다. 제목이 과장된 느낌이 없고 표지가 심플한 책을 위주로 살펴본다. 내지 종잇장이 너무 얇거나 글자 사이의 간격이 너무 좁은 것은 피한다. 가독성이 떨어져서다. 그러다 보니 특정 출판사 책은 읽지 않게 됐다. 그곳이 국내의 내로라하는 유명 출판사라는 사실을 생각하면, 그런 편집이 '다수에게 불편하지 않다'는 의미도 될 것이다. 결국 내 취향이 비주류라는 방증인 셈이다.

어쨌든 그렇게 해서 선택한 것 중 완독한 책만 독서 다이어리에 기록했다. 중도에 읽기를 그만두거나 내용을 스킵해 가면서 읽은 책도 많지만, 그런 것들은 기록하지 않았다. 나는 주로 6공 다이어리를 독서 다이어리로 쓴다. 커버가 있고, 가운데 달린 6개의 쇠고리를 벌려 종이를 다시 채워 넣을 수 있어서 원하는 속지로 자유롭게 교체 가능하다는 장점이 있다. 다른 회사에서 나온 제품과도 호환이 쉽다. 혹시 잘못 기록해서 제거하고 싶은 종이가 있다면, 그 한 장만 교체하면 된다. 대형 체인 문구점에서 6공 다이어리에 적합한 다양한 종류의 속지를 판매한다.

처음엔 속지를 고르는 일이 어려웠지만, 그런 만큼 원하는 속지를 발견하면 또 그것대로 소소한 행복감을 느낄 수 있었다. 어느 날은 100권의 책을 기록할 수 있는 가성비 뛰어난 속지를 발견하고 매우 기뻤던 적이 있다. 국내 중소기업 제품이었다. 그곳에 책 제목, 출판사, 독서 기간, 감명 깊게 읽은 구절, 느낀 점을 기록했다. 특히 감명 깊게 읽은 구절을 함께 기록하면 나중에 다시 그 책을 읽을 때 필요한 부분만 쉽게 찾을 수 있었다.

다이어리 커버는 보통 투명 PVC 소재라서 여러 가지 스티커를 부착하기에 알맞다. 나는 옷을 선택할 때는 무채색 계열의 단순한 디자인을 좋아하는 편이지만, 독서 다이어리는 내 취향과 조금 다르게 반짝거리는 하트와 보석 문양 스티커를 붙인다. 내지에 기록할 때도 다양한 컬러펜을 사용한다. 우선 유니볼 시그노 0.38mm 주황색 볼펜으로 책 제목과 출판사명을 쓰고, 감명 깊은 구절은 플래티넘 프레피 만년필 EF촉 파란색으로 옮겨둔다. 책을 읽고 느낀 점은 동아의 미피 캐릭터가 그려진 0.5mm 녹색 볼펜을 사용한다. 평소 잘 사용하지 않는 색들로 다이어리를 기록하다 보면 학창 시절로 돌아간 것 같은 느낌도 들었다.

그런가 하면 조금 특별한 다이어리도 쓴다. 공간 다이어리다. 공간 다이어리는 내가 소중하게 여기는 '지역'에 대한 기록이다. 지금까지 총 세 지역에 대한 다이어리를 기록했다. 내가 태어나 자라며 유년 시절을 보낸 '대전', 흥미로우면서 애증하기도 하는 '서울', 내 취향과 닮은 마음의 안식처 '수원'이다.

공간 다이어리를 쓰게 된 건 내가 자주 찾는 공간의 특성이 내 기분을 좌우한다는 사실을 알게 되면서부터였다. 익숙한 장소를 늘 마주하는 일엔 지겨움이 따른다. 언제나 곁에 있는 가족의 소중함을 쉬이 잊게 되는 것처럼, 공간도 마찬가지다. 어떤 공간에 익숙해지면 그 공간이 주는 의미를 자주 놓치게 된다. 하지만 공간 다이어리를 쓰면서, 반복되는 일상에서도 충분히 새로움을 발견할 수 있다는 걸 깨달았다.

대전, 서울, 수원 셋 중에서 무엇보다 '대전'이라는 공간과 '나'라는 존재를 분리해 생각할 수는 없을 것이다. 나와 부모님이 태어났으며, 대다수 친척이 이곳에 산다. 대전에 연구단지가 들어서고 '과학도시'라고 불리기 이전, 산과 들이 시야에 들어오는 풍경의 대다수를 차지했던 옛 모습을 기억하는 나 같은 토박이가 아주 많은 것은 아니다. 수도권에 비해 문화생활을 할 수 있는 곳이 제한적이라서 '노잼의 도시'

라 불리기도 한다. 그래서 어린 시절에는 대전이 답답하게 느껴졌고, 마천루와 네온사인이 곳곳에 펼쳐진 서울에 대한 환상이 있었다. 어쩌면 내 또래의 많은 젊은이가 마찬가지였을 것이다.

하지만 정작 대전을 떠나 살면서는 늘 고향이 그리웠다. 서울에서 한 시간 정도로 오갈 수 있는 KTX 열차가 있다는 것은 행운이었다. 서울에 살면서 마음이 지칠 때마다 대전을 찾았다. 공기 좋고 아늑한 보문산 산책로, 대전역 근처의 정감 있는 중앙시장, 소나무와 회색 벽돌이 단조로운 깊이를 보여주는 이응노미술관, 흐드러지게 피는 벚꽃으로 유명한 테미오래 등은 내가 자주 찾는 장소다.

그러나 아무래도 대전에서 즐길 만한 공간을 찾으려면 서울과 비교해 선택지가 적다. 그러다 보니 같은 곳을 반복해서 찾게 된다. 신기한 것은 동일한 건축, 장식, 경관 등에 대해 다이어리에 기록한 내용이 매번 다르다는 사실이다. 대상에 대한 표현이 결국 나의 감정에서 비롯되기 때문일 것이다. 나이가 들수록 사물을 대하는 관점도 변하는 것일까. 경험하고 마주하는 사람이 매일 달라서 기분도 같을 수 없을 것이다. 어쨌든 이 모든 요소가 어우러지며 빚어낸 다양한 감정이 내 공간 다이어리에 새로운 단어와 문장을 만들어낸다.

그런가 하면 서울에서 내가 좋아하는 장소는 안국동, 삼청동, 연남동에 즐비한 소품 가게들이다. 값비싼 브랜드의 명품보다 그런 곳에서 파는 잘 알려지지 않은 디자이너의 수제품을 좋아했다. 온라인 구매가 활성화되기 시작하면서부터 직접 만든 구두와 지갑을 팔던 상인들이 길거리에서 점점 사라졌다. 그때의 특별했던 개인 브랜드 로드숍들을 기록해놓지 않은 점은 지금도 아쉽다. 서울의 단점은 쉽게 사라지는 장소가 많다는 것이다. 오래된 건물은 리모델링이 되고, 수익성 없는 매장은 다른 업종으로 빠르게 변화한다.

20대에는 그 변화가 반갑고 흥미로웠다. 하지만 언제부턴가 변하지 않는 것들이 그리워졌다. 내가 오래된 것에 열광하고, 물건을 수집하게 된 이유다. 종종 주말에는 동묘앞역 인근에서 골동품을 구경했다. 몇십 년 전 유럽의 어느 가정집에서 쓰던 손전등, 저울, 시계 등을 보면 눈을 뗄 수 없었다. 조잡한 만듦새가 오히려 우아하게 느껴지기도 하고, 무엇보다 고풍스러운 소품을 보면 그곳으로 떠나고 싶어졌다.

한편 내가 수원에 처음 가본 것은 20대 중반쯤이다. 미술사를 공부하며 여성 작가 나혜석(1896~1948)에게 매료됐다. 일본 유학파 출신으로 자유연애를 지향했던 그의 전위적 삶에 호기심을 느꼈다. 나혜석은 결혼 전 계약서를 쓰고, 이혼할 때 고백장을 언론에 발표할 정도로 과감한 여성이었다.

수원 행궁동 생가 벽면에는 고집스러운 무표정에 세련된 옷차림을 한 나혜석의 얼굴이 그려져 있다. 오래된 주택가 골목에 있는 생가 주변을 맴돌다가 고즈넉한 찻집을 발견한 뒤부터, 수원에 가면 늘 그곳에서 차를 마신다. 인근의 행궁동 골목을 걷다 보면 공방도 즐비하다. 전각, 도자, 불화 등 자신만의 분야를 고수하는 예술가들이 운영하는 작업실이기도 하다.

수원을 여행할 때는 주로 혼자 간다. 서울의 복잡함에 지칠 때쯤 가볍고 짧게 여행을 다녀올 만한 적당한 거리에 있다는 장점이 매력적이다. 내게 서울의 변화 속도는 지나치게 빠르고, 대전은 조금 느리게 느껴진다. 수원은 그 중간쯤의 속도인 것 같다.

공간 다이어리를 쓸 때는 휴대하기 좋은 노트를 사용한다. 주로 무인양품 브랜드의 700원짜리 미표백 A6 노트를 쓴다. 미표백 용지는 포장용지로도 쓰이며 종이질이 질긴 편이다. 바탕이 황토색이어서 검정색 글씨와 묘한 조화를 이룬다. 32매이며, 노트 커버에 끼워 사용한다.

공간 다이어리의 특징은 무엇보다 '자유로움'이다. 차 안, 공원, 집 등 마음 내키는 공간에 대해 기록할 수 있다. 아무래도 처음에는 공간의 이미지를 묘사하는 일로 시작하지만 결국 자기 자신에 대한 얘기를 적게 된다. 그 순간의 기분, 고민 등을 자연스레 종이 위에 털어놓는 것이다. 그렇게 하염없이 마음속에 떠오르는 감정을 적다가 다시 주변 공간에 대해 기록하기도 한다. 이런 과정을 반복하면 글의 일관성이 사라진다. 문장이 분열되고 해체되지만, 그게 불편하지는 않다. 글이 주제를 갖도록 문단을 만들거나 일부러 결론을 내고자 노력하지 않는다. 끊임없이 고쳐 만들어낸 완성도에 의미를 두지 않고, 미완성의 글을 읽는 묘미를 즐긴다.

국어사전에서 정의하는 '다이어리'의 뜻 또한 '그날의 겪은 일이나 생각, 느낌 따위를 적는 장부'다. 그러니까 스케줄을 기록하는 게 다이어리의 목적은 아닌 셈이다. 자기가 원하는 대로 기록하면 된다. 이것이 나만의 '다꾸' 방식이다. 다이어리 겉면을 장식하는 게 아니라 내면을 장식하는 데 의의를 두고 시간, 공간, 사물에 대한 나의 감정을 담담하게 기록한다. 이따금 과거에 쓴 다이어리를 읽으며 나 자신을 이해하려 노력해본다. 편파적인 순간의 기록이 '나'만의 스토리로 완성되어가는 과정을 되살펴보는 일이 내겐 무엇보다 즐겁다.

종	이	의		쓸	모				

가정에서 버려지는 생활 쓰레기 중 종이가 차지하는 비중은 꽤 큰 편이다. 패키지, 책, 브로슈어, 일회용컵 등 종류도 다양하다. 우리 집은 어렸을 때부터 신문을 구독했는데, 그렇게 매일 집으로 배송되는 신문 또한 종이 쓰레기로 쉬이 신분을 바꿨다. 어린 내 눈에, 집에 신문지가 가득 쌓여 있는 광경은 자못 지저분하게 느껴졌다. 부모님이 없는 틈을 타 그것들을 재활용 수거함에 갖다 버렸다. 한 번에 많은 양을 버리면 금세 티가 나지만, 조금씩 버리면 부모님도 잘 눈치

채지 못했다. 그러다 두 번쯤 들켰고, 그때마다 부모님은 무척 화를 내셨다.

"버리지 마. 다 쓸 때가 있어."

부모님께 신문지는 다양한 면에서 만족도가 높은 귀한 사물이었다. 어머니는 주방에서 신문지를 여러 용도로 활용했다. 시금치, 당근, 부추, 대파 등 흙이 묻어 있는 채소를 신문지에 싸서 말고, 씻지도 않은 채 냉장실에 넣어뒀다. 냉장실 맨 아래 칸에는 늘 신문지가 깔려 있다. 그 모습이 비위생적으로 보여 채소를 담는 플라스틱 그릇을 사서 옮겨둔 적도 있었다. 잘했다고 칭찬해줄 줄 알았는데 어머니는 아무 말 없이 플라스틱에서 채소를 꺼내 다시 신문지 위에 올려놨다. 채소에 따라 신문지 활용법도 달랐다. 미나리를 보관할 때는 뿌리 아래쪽을 젖은 신문지로 싸고 랩으로 밀봉했다. 다용도실에 있는 감자는 신문지로 곱게 덮었다. 그런 모습을 보며 몰래 신문지를 버리는 일을 포기했다.

2000년대 후반, 우리 집에서 오랫동안 구독하던 신문

173

이 대판(375mm×595mm)에서 베를리너 판형(323mm× 470mm)으로 바뀌었다. 종이 면적이 줄어든 것이다. 어머니 는 달라진 신문 크기를 못마땅해했다.

"대파도 보관 못 하는 이런 크기면 곤란해요. 이제 다른 신문사로 구독합시다!"

10년 넘게 그 신문만 봐오던 아버지는 처음에 어머니 의 견에 동의하지 않았지만, 결국 달라진 신문지 판형을 불편 해하면서 신문사를 변경하기로 했다.

아버지는 신문지를 늘 청소에 활용했다. 아버지는 청결 에 민감하고, 청소에 관심이 많았다. 마트에 가면 새로운 청 소기 살피기를 즐겼다. TV 광고는 그런 아버지의 욕망을 자 극했고, 그에 따라 청소기가 자주 신형으로 교체됐다. 하지 만 최첨단 청소기도 처리하지 못하는 부분은 반드시 존재했 다. 그중 하나는 유리창을 광나게 만들 때였다.

아버지는 유리창을 청소할 때 먼저 유리창 전체에 분무 기로 물을 뿌리고 마른 신문지를 구겨 닦았다. 전용 세제를

사용하는 것보다 이 방법이 유리창을 깨끗하게 닦는 데 유
용했다. 신문지에 포함된 인쇄 기름이 유리를 반짝이도록
만들어주어서다. 또 겨울철에 창문 틈에 신문지를 끼워두면
성에가 끼는 것도 방지할 수 있었다.

"아이고, 구두랑 부츠를 이렇게 두면 어쩌니. 냄새가 그대
로 배잖아."

동생과 내가 사는 집에 올라와 신발장을 본 어머니가 잔
소리를 하셨다. 어머니는 평소 신문지를 돌돌 말아 구두와
부츠 안에 넣어두셨다. 그러면 신발 탈취제 못지않게 냄새
가 없어지고, 신발 모양도 오래 유지할 수 있었다.

아버지 또한 집에 신문지가 없는 것을 보곤 곧장 타이르
듯 말씀하셨다.

"너희들도 성인이면 신문 정도는 구독해서 봐야 한다."
"실시간으로 인터넷에서 보는 게 편해요. 매번 신문 갖다
버리는 것도 귀찮고요."

"왜 버려? 신문지 쓸 데가 얼마나 많은데!"

아버지가 버럭 화를 냈다. 어머니는 예상했다는 듯 집에서 가져온 신문지 뭉치를 꺼냈다.

"사람 사는 집에 신문지는 있어야지."

당시 여대생이었던 나는 겉모습에 관심이 많고, 스타일에 민감했다. 신문지는 집 안에서 매우 꼴 보기 싫은 사물이었다. 신문지가 독립한 내 집까지 점령하는 건 참을 수 없었다. 부모님이 대전 집에 가신 뒤 신문지를 모두 내다 버렸다.

하지만 시간이 지나면서 신문지가 필요해졌다. 손톱 발톱을 깎을 때 바닥에 깔아둘 종이가 없었다. 꽉 차지 않은 종량제 봉투를 그대로 집 안에 둘 때도 찜찜했다. 종량제 봉투 위에 물에 적신 신문지를 덮어두면 냄새가 덜 나서 좋았다. 나는 신문지가 내 삶에서 필수불가결한 사물이라는 것을 인정할 수밖에 없었다.

그냥 신문을 구독할까 진지하게 고민했다. 하지만 신문

을 읽기 위해서도 아니고 신문지를 쓰려고 구독하는 일은 낭비였다. 인터넷으로 보는 신문이 익숙했고, 배달 온 종이 신문을 읽을 것 같지 않았다. 결국 부모님께 가끔 택배로 신문지를 보내달라고 요청하는 걸로 타협을 보았다.

신문지를 재활용하는 습관은 달력, 상자, 스티커 등 다른 지류에도 마찬가지로 적용됐다. 두꺼운 달력 종이는 부엌에서 매우 유용했다. 평소 좋아하는 연어를 밖에서 사 먹으려면 비싼 가격을 지불해야 했다. 반면 마트에서 구입하면 그 절반 가격에 구입이 가능했다. 자취하는 집에는 생선을 굽는 특별한 도구가 없어 프라이팬으로 조리했다. 그럴 때 달력이 유용했다. 두꺼운 달력 종이를 적당한 크기로 접어 연어를 굽는 프라이팬 위에 올려놓으면 달력 종이가 튀는 기름을 온몸으로 받아냈다. 그보다 얇은 달력 종이는 적당한 크기로 잘라서 영어 단어나 한자를 암기할 때 연습장으로 쓰기 좋았다.

종이 상자도 종류에 따라 활용처가 달라졌다. 기본적인 기능은 수납이었다. 크기가 큰 상자 바닥에 달력 종이를 깔고 다른 계절 옷을 넣어 베란다에 보관했다. 작은 상자도 그

크기에 맞는 소품을 넣어 방 안에서 사용할 수 있었다.

가끔 미술관에서 쓰레기로 만들어진 정크아트Junk Art를 본다. 폐지뿐 아니라 유리병, 페트병, 비닐 등을 재료로 써서 작품화한 것이다. 재활용 공산품 소재가 조합되어 예술로 재탄생하는 모습을 보면 경이로울 때가 많다. '미'가 표면이 아니라 내적 아름다움에서 기인한다는 것을 이만큼 잘 보여 주는 사례가 또 있을까. 쓰레기로 분류될 대상이 예술적인 가치를 지닌 존재로 거듭나는 게 신비로웠다.

전 세계 쓰레기 매립장이 한계에 부딪히면서 친환경, 생분해, 리사이클 등은 간과할 수 없는 소비 트렌드가 되고 있다. 종이로 만들어지던 물건이 전자화되는 현상과 관련 있을 것이다. 환경 보호를 위해 종이를 아끼는 것은 좋은 일이지만, 그렇다고 신문이나 달력 같은 필수품이 사라지는 일은 아쉽다. 부모님은 삶에서 단 하루도 신문을 구독하지 않은 기간이 없었다. 날짜가 궁금할 때 스마트폰이 아니라 거실 벽면의 달력을 보셨고, 유용했던 종이가 생명을 다할 때까지 쉽게 밖으로 내보내지 못했다. 나 역시 그 영향을 받았을 것이다.

세상에 쉽게 버려질 사물은 단 하나도 없다. 구석에 쌓여 존재감을 드러내지 못하더라도 언젠가는 유용한 도구로 사용된다. 심지어 드라마 작가 원고 공모전에서 내리 탈락하며 스스로 하찮다고 느끼는 순간에도 구석에 쌓여 있는 종이 원고 뭉치를 보며 의지를 얻기도 했다. 당장 무언가를 해내지 못해도 내 능력을 발휘할 순간은 반드시 올 거라고, 그 종이들을 보며 생각했다.

종이의 존재 가치를 결정하는 것은 결국 내 몫이었다. 그것이 버려지지 않도록 재활용하거나 간직할 수 있도록, 자신과의 접점을 발견하기 위한 계속된 고민 속에서 나는 나를 파악할 수 있었다. 종이 안에는 내가 먹고, 쓰고, 읽은 것들이 오롯이 담겨 있으니까. 그 흔적들이 내게 용기를 줬다. 오늘도 충분히 열심히 살았고, 언젠가 노력이 빛나는 순간이 반드시 올 것이라는 믿음이 조금씩 자리 잡았다.

만	져		만	든		책			

나의 감정과 일상을 기록하는 일이 잦아지며 자연스레 노트에 관심을 갖게 됐다. 문구점에서 다양한 노트 브랜드의 디자인과 기능을 관찰하기를 즐겼다. 대형 서점에 가도 책보다 문구 쪽으로 시선이 향했다.

하지만 다수의 노트가 비닐에 싸여 있는 모습이 아쉬웠다. 노트의 제본 형태나 마감에 따라 필기가 편리한지 어떤지 미리 판단할 수 없어서였다. 노트가 어느 각도까지 펴질 수 있는지, 제본은 꼼꼼하게 처리되었는지 미리 알고 구매할 수 없었다. 샘플이 있는 제품도 있지만 다수가 밀봉되어 있었다. 어쩔 수 없이 디자인을 최우선으로 고려해 구입했는데, 사용한 지 얼마 안 되어 싫증 난 적이 많았다.

한번은 마음에 드는 노트를 사기 위해 친구와 함께 코엑스에서 열린 K-일러스트페어를 찾아갔다. 시중에 없는 개인 브랜드 제품을 직접 만지고 구매할 수 있다는 점이 매력적이었다. 그중에서 수제 노트가 나의 이목을 끌었다. 겉면에 별다른 디자인은 없지만, 꼼꼼하면서도 자연스러운 실제본이 튼튼하고 멋스러워 보였다. 무엇보다 세상에 단 하나밖에 없는 노트가 갖는 희소성이 귀하게 느껴졌다. 다양한 종류의 내지를 쓸 수 있는 점도 좋았다.

그러다 어느 날은 직접 수제 노트를 만들고 싶어서 북아트를 가르치는 교육 기관을 찾아갔다.

"노트를 만들고 싶은데, 바인딩 먼저 배우면 안 될까요?"
"다양한 종이를 경험하는 미술 작업부터 하는 게 도움이 될 거예요. 바인딩은 나중에 가르쳐줄게요."

조금 서운하게 들렸지만 시간이 지나면서 그렇게 말할 수밖에 없었다는 걸 이해할 수 있었다. 북아트는 종이를 활용한 공예 미술 분야로, 새로운 책의 형태를 창작하는 작업이었다. 명확하게 정의할 수 없는 추상적 측면도 있었다. 북바인딩은 북아트의 일부이기도 했다. 매시간의 수업이 내게 모두 흥미로웠다. 첫 수업에서 종이를 반으로 접어서 모양을 내어 오리는 팝업 기능을 경험했다. 초등학교 시절에 해본 것이기도 했다. 팝업을 활용해 누군가를 위한 축하 카드를 만들거나, 그것들을 이어 붙여 그림책을 제작할 수도 있었다. 오려낸 각도와 접는 방향에 따라 새로운 모양으로 팝업이 되는 게 신기했다. 위에서 아래로 펼쳐지는 블라인드 북, 선풍기 날개처럼 한곳에 모였다가 사방으로 펼쳐지는 팬북, 주머니 형태의 포켓북도 만들었다.

책 콘셉트에 어울리는 종이를 선택하는 일도 중요했다. 나는 미국, 유럽, 일본 등지에서 수입하는 특색 있는 종이를 표지로 선택했다. 재료는 주로 인터넷으로 구매했다. 미국과 유럽 등의 미술대학에는 북아트와 관련된 석사과정이 있을 정도로 전문성을 인정받는다. 구체적으로는 책을 매개체로 창작물을 만들거나 고서를 복원하는 분야 등으로 나뉜다. 그런 이유로 북아트 작업 도구 제작 및 유통도 활발한 편이었다.

그렇게 다방면으로 북아트 재료를 살펴보다가 국내 제지사에서 나온 종이도 무척 다양하고 훌륭하다는 것을 알게 됐다. 두성종이, 삼원특수지 등에서 운영하는 페이퍼숍을 찾아갔다. 온갖 종이가 구비된 그곳은 신세계였다. 회사에서 자체 개발한 종이를 비롯해 다양한 지류 상품을 판매했다. 색상, 두께, 질감별로 종이가 구비되어 있었다. 세상에 이토록 다양한 종이가 존재한다는 것을 그곳에서 알았다.

종이를 구입하는 방식은 다소 복잡했다. 서랍장에서 마음에 드는 종이를 꺼내 계산대로 가져가는 게 아니라, 주문서에 제품 번호를 적어서 제출하면 직원이 종이를 직접 가져다줬다. 종류가 많아 직원이라도 맨눈으로 제품을 식별하는 게 쉽지 않아서였다. 마음에 드는 종이를 사서 그곳에 있는 재단기로 원하는 크기만큼 잘라서 가져왔다.

북아트를 하려면 종이에 대해 이해하는 일 외에 도구 사용법을 익히는 것도 중요했다. 가위 쥐는 법, 칼등으로 종이에 자국을 내는 법, 폴더로 종이를 말끔하게 접는 법 등을 배웠다. 그런 과정에서 종이의 특성을 이해하게 됐다. 일단 자르거나 접으면 복원할 수 없기에 늘 조심해야 했다. 깔끔하게 풀을 칠하는 일도 어려웠다. 고체 형태 딱풀이나 제본용 풀을 사용했는데, 종이의 특성을 고려하지 않으면 종이 틈으로 풀이 넘치고 금세 종이가 찢어지거나 오염됐다. 적당량을 조절해서 도구를 활용해 풀을 칠하는 것에도 숙련된 기술이 필요했다.

평소 산만한 편이지만 북아트 시간에는 좀처럼 딴생각이 들지 않았다. 집중력에 따라 책의 퀄리티가 달라지는 것을 경험했기 때문이다. 때로 잡생각이 몰려와도 오로지 작업에만 몰입하려고 노력했다. 간혹 오차 없이 종이를 깔끔하게 자르거나, 폴더로 책 모서리가 말끔하게 각이 지도록 손질하면서 뿌듯함을 느꼈다. 종종 헝겊이나 가죽 등의 소재를 다룰 때는 망치와 펀치 같은 도구도 사용했다.

책을 만들기 위해서는 사이즈 측정이 중요했다. 보통 겉표지를 속지보다 조금 크게 만드는 게 일반적이었다. 물론 바인딩의 종류에 따라 그 비율은 달라졌다.

처음 배운 바인딩은 오침안정법五針眼訂法을 활용한 동양식 제본이었다. 두꺼운 표지 사이에 한지를 끼워 넣고, 책 왼편에 다섯 개의 구멍을 뚫은 뒤, 그 구멍 사이로 실을 꿰어 완성하는 방식이다. 책이 완벽히 펴지지 않아서 필기하기에는 불편했지만 단아한 제본 방식이 고급스러웠다. 이어서 사슬짜기 제책, 양장 제책 등의 바인딩을 배웠다. 어떤 방식으로 표지와 내지를 엮는지에 따라 명칭이 달랐다.

책을 엮을 때는 왁스칠한 실로 종이 사이를 바느질했다. 각기 다른 바느질 방법은 한 번만 해서는 습득되지 않았다. 머리로 이해하고, 손으로 익숙해져야 했다. 길이를 잘못 측정하거나 딴생각을 하다가 실수하면 꿰맸던 곳을 다 풀어야 하는 불상사가 일어났다. 그때마다 학창 시절의 가정 수업 시간이 떠오르곤 했다. 가정 수업 시간에는 그렇게도 바느질을 싫어했는데, 북아트에서 실과 바늘을 만지는 내 모습이 어색하면서도 흐뭇했다.

시간이 흐르며, 필요한 노트를 직접 집에서 만들게 됐다. 실과 송곳, 종이만 있으면 간단한 작업이 가능했다. 7분 이내에 20장 내외의 얇은 노트 한 권을 만들 수 있었다. 한국

제지에서 나오는 밀크포토지 120그램을 내지로 써서 노트를 종종 만들었다. 잉크 번짐이 적어서 만년필을 사용하는 사람들이 선호하는 제지였다. 가성비 면에서도 뛰어났는데, 시중에 그 종이로 만든 노트를 팔지 않아 내게는 실용적이었다. 만년필을 주로 쓰는 친구에게 그 종이로 만든 노트를 선물했다.

북아트를 하면서 가장 어려웠던 점은 뭐니 뭐니 해도 기다림이었다. 두꺼운 책의 경우, 내지를 실로 묶고 책등에 제본풀을 몇 차례 발라서 단단하게 한 다음, 쇠로 만들어진 프레스press라는 도구로 눌러놓곤 했다. 그 시간이 하루 혹은 이틀 이상이 걸렸다. 책을 위해 당장이라도 잔뜩 꾸미고 싶은 욕망을 잠시 뒤로하는 일이 초조하면서도 지루했다.

북아트를 하면서 수제 노트가 고가인 이유도 이해할 수 있었다. 종이를 고르고, 제본을 하고, 기다리고, 완성하기까지 오랜 시간이 소요되었다. 단 한 번의 실수 때문에 첫 단계로 되돌아가는 일도 생겼다. 오류가 났을 때는 교정하는 일보다 차라리 새로 시작하는 것이 간편하기도 했다.

아직 초보자인 나는 책을 만드는 매 순간이 떨리며, 바인딩 방식을 까먹어서 선생님에게 되묻는 때도 많다. 그래서 바인딩 규칙을 완벽하게 따르려고 노력한다. 하지만 적어도 내지를 구성하는 일에는 나만의 창의성을 발휘하고 싶어서, 색연필과 마커로 그 안에 그림을 그리거나, 칸이나 줄을 만들고, 나의 일상이나 생각을 기록한다. 이 과정이 더해져야 비로소 창작물로서의 가치가 빛나는 것 같다.

"대체 이걸 왜 만들어. 이렇게 만들면 아무도 안 사. 이거 별로야."

내가 몇 시간 동안 공들여 만든 수제 노트를 본 동생이 핀잔을 주었지만 그 말이 별로 신경 쓰이지 않았다. 모두가 좋아하는 걸 만들 생각은 애초에 없었다. 판매를 염두에 두지도 않았다. 최소한 나의 기호를 충족하는 책을 만들고 싶었을 뿐이었다. 수제 노트를 만드는 일이 비효율적인 행위인 것은 분명했다. 시간이 오래 걸리고, 기계에서 출력된 기성품만큼 정교하지도 않았다. 아무래도 사람의 손으로 재단하고 풀칠하기에 늘 오차가 있기 마련이다. 그러나 내게는 그 엉성함이 허접하기보다 매력적으로 느껴졌다. 꿋꿋하게 나만의 노트를 만드는 이유이기도 하다.

북아트를 배운 일은 인쇄소 업무에도 도움이 됐다. 이전까지 사무실에서 기계를 직접 운전하는 일은 없어서 내 손으로 종이를 만지는 경우는 드물었다. 기껏해야 종이가 출력되어 제본까지 끝나서 완제품으로 탄생한 책이 정상인지 살피는 일에 그치곤 했다. 북아트 수업을 듣고 나서는 종이를 직접 분석하고 비교하게 됐다. 잘 접히지 않는 종이, 스치기만 해도 쉽게 금이 생기는 종이, 풀칠을 하면 변형되는 종이를 알고, 종이가 얼마나 민감한지 깨달았다.

여전히 가위와 칼을 다루고, 풀을 칠하고, 종이를 접는 일에 능숙하지는 않다. 고작해야 일주일에 두 시간 정도 하는 취미이기 때문이다. 하지만 그 짧은 시간에 나는 내가 재단사 혹은 장인이 된 것 같은 느낌이 든다. 바인딩하는 순간만큼은 반복적인 하루를 사는 생활인이 아니라 예술가가 된 것 같은 상상을 해본다. 그런 착각에 빠져드는 순간, 실수가 일어나기도 한다. 종이 길이를 잘못 재단하거나, 엉뚱한 곳에 구멍을 뚫는다. 하지만 언제부턴가 그런 순간이 짜증스럽지 않았다. 어차피 이 취미를 지속한다면 한 번쯤 겪게 될 일이라고 생각하게 됐다. 어쨌든 더 많은 실수 속에서 나의 손기술은 조금씩 나아질 것이다. 능숙하지 못한 지금 이 순간을 한껏 즐기고 싶다.

PART 5

종이의 일상

폐	지	의		배	려					

하루도 종이를 만지지 않는 날이 없다. 수만 가지 종이가 다
양한 모습으로 나의 삶과 함께한다. 비단 나뿐만 아니라 일
상을 살아가는 보통 사람이라면 모두 그럴 것이다. 어쩌면
매일 접하는 존재에 대한 소중한 감정은 무뎌지는 게 당연
하다. 종이로 만들어진 수많은 사물도 그 운명을 피할 수 없
어서, 쉽게 소비되고 쉽게 버려진다.

무언가 사는 일은 즐겁지만 그걸 버릴 때는 어느 정도의
귀찮음이 따라온다. 분리수거를 해본 사람은 누구나 알겠지

만 종이는 생각보다 부피가 크고, 쌓여가는 종이를 감당할 만큼 내 거주 공간은 넓지 않았다. 미루지 않고 제때 배출해야 하건만 그걸 알면서도 게으름을 피우는 순간이 있었다. 무기력하고, 아무것도 하고 싶지 않을 때…….

나는 노트북을 켠 채 손톱을 물어뜯거나 무기력한 표정으로 책장을 넘기면서 이뤄지지 않는 꿈과 부족한 재능, 오지 않는 운을 탓했다. 머릿속을 유영하는 불안이 제멋대로 엉겨 붙어 부피를 키웠다. 그것과 비례해 우울감도 커졌다. 친구를 만나 시답지 않은 얘기로 시간을 때웠고, 스파 브랜드에서 당장 입지 못할 계절 옷을 샀다. 그러나 모두 일시적 위안일 뿐, 의미 없는 만남은 지속되지 못했고, 당장 쓰지 않는 물건은 쓰레기가 됐다.

할 일을 미루는 것은 나 스스로를 괴롭히는 행위였다. 분리수거를 하지 않을수록 사정은 열악해질 뿐이었다. 필요한 물건을 제때 찾지 못했고, 거실 구석에 처박아둔 쇼핑 봉투는 방 한가운데로 이동했다. 언제부턴가 젖은 빨래를 건조할 공간조차 부족했다.

'더 이상 버틸 수가 없어.'

지저분한 집을 방관하는 일에 한계를 느꼈다. 핸드 카트에 종이를 한가득 담아 분리수거함으로 향했다. 아파트 지하 5층이었다. 마침 그곳에서 관리인 아저씨가 분리수거함을 정리하고 있었다. 조심스럽게 수거함에 종이를 넣었다. 내 아버지 연배로 보이는 아저씨는 땀을 뻘뻘 흘리면서도 연신 버려진 종이를 살폈다. 7월의 후덥지근한 날씨에 달랑 선풍기 한 대만이 그곳의 온도를 낮추려 애쓰고 있었다.

아저씨는 상자를 크기대로 분류하고 이물질이 묻은 종이를 골라냈다. 비닐이 섞여 재활용 가치가 없는 종이는 수거함 밖으로 꺼냈다. 내가 가지고 온 종이 뭉치에서 소스가 잔뜩 묻은 피자 상자를 발견한 아저씨가 곤란한 표정을 지었다.

"다음에는 이물질 묻은 부분은 닦거나, 종량제 봉투에 버려서 배출해줘요."

"죄송해요."

"됐어요. 다른 집에서 나온 건 이보다 더 심할 때도 많아요."

아저씨의 손에서 내가 버린 종이의 검열이 끝날 때까지 자리를 뜰 수 없었다. 혹시나 재활용이 안 되는 걸 버렸는지 걱정스러웠다. 간편식 포장지, 비누 상자, 보지 않는 만화책, 잘못 출력한 A4 용지……. 내가 버린 종이가 누군가의 손에서 해체되는 모습을 보고 있자니, 일상의 모습이 낱낱이 발가벗겨지는 기분이었다.

아저씨가 이마에 맺힌 땀을 닦았다. 무엇보다 한꺼번에 너무 많은 종이를 버린 것 같아 미안한 마음이 들었다. 많은 종이를 쓰레기로 만든 게 근본적 원인이었다. 과대 포장된 물건을 사는 데 거리낌이 없었고, 프린트를 출력할 때 신중하지 못했다. 온라인 상점보다 마트에서 쇼핑을 했다면 버릴 종이의 양이 지금보다 줄었을지 몰랐다.

"깨끗하게 해줘야 우리도 수거할 수 있어요."

폐지를 정리하던 아저씨 말에 고개를 끄덕였다. 버려진

종이를 모두 살핀 아저씨는 바퀴 달린 통에 자기 몸집의 세 배나 되는 크기의 쓰레기 뭉치를 담아 질질 끌고 트럭으로 향했다. 그 모습이 힘에 부쳐 보였다. 한껏 쌓아뒀다가 버리는 게으름을 고치는 일만으로도 조금이나마 도움이 될 것 같았다. 그날부터 폐지가 생길 때마다 조금씩 내다 버리기 시작했다. 생각해보면 그건 날 위해서도 유용한 일이었다. 한 번에 무더기로 종이를 버리는 날엔 그게 어떤 종이인지 일일이 확인하지 않았다. 카트 위에 더미로 쌓여 있으니까. 하지만 일주일에 서너 번 나눠 버리면서 종이 상태를 살피게 되었다. 포장 상자, 전단지, 일회용 커피 홀더 등을 정리하며 그 시간 동안 내가 어떤 것을 먹고, 어떤 것을 읽고, 어떤 것을 썼는지 떠올렸다. 다 사용한 사물을 버리는 일은 잡념을 줄이는 데도 제격이었다. 점차 제때 폐지를 배출하는 습관이 굳어지기 시작했다.

"아니, 왜 방에 그렇게 쓰레기를 쌓아두는 거예요? 내가 버린다니까요!"

서늘한 바람이 불기 시작한 추석 명절날, 모처럼 찾아간 부모님 집에서 큰소리가 났다. 아버지 방에 늘 상자가 한가득 쌓여 있었는데, 그걸 버리려던 어머니를 아버지가 막아서면서 생긴 잡음이었다. 오래된 물건을 좀처럼 버리지 않는 아버지 습성이 종종 어머니의 화를 불렀다.

방에는 과일, 주류, 양과자 패키지 등 탄탄한 재질로 만들어진 오염되지 않은 두꺼운 종이가 가득 쌓여 있었다. 어머니에게 핀잔을 들은 아버지의 표정이 시무룩해졌다. 아버지는 내게 그 상자들을 차에 옮겨주기를 청했다. 아버지가 운영하는 인쇄소로 향하는 것으로 보아 잘은 몰라도 사무실에서 부품을 보관하는 데 쓸 작정인 듯했다. 아버지를 따라나섰다. 짐을 싣고 인쇄소에 도착한 아버지는 공장 앞의 전봇대를 가리켰다.

"저기에 모두 내려놔라."

"이걸 왜 저기에? 무단 투기하려고요?"

"놓으면 다 알아서 가져가."

아파트 분리수거함에 버리면 될 것을 지정되지 않은 장소에 버리는 이유를 도통 이해할 수 없었다. 전봇대 앞에는 약간의 폐지, 병, 쓰레기 등이 쌓여 있었다. 그러나 채 5분도 지나지 않아 나는 곧 그 이유를 알게 됐다. 백발에 허리가 90도로 굽은 할머니가 리어카를 끌며 다가와 종이 상자를 실었고, 그러자 아버지의 표정이 곧 밝아졌다.

"잘 지내시죠? 이거 가져가서 드세요."

아버지는 오렌지 주스 상자를 리어카에 올려놨다. 오랫동안 한곳에서 사업장을 운영해온 아버지에게 폐지 줍는 할머니는 이웃이었다. 할머니가 과거에 어떻게 살았고, 할머니 남편이 어떻게 세상을 떠났는지까지 다 알았다. 그 할머니를 위해 상태가 좋은 종이 상자를 골라 전봇대 앞에 갖다 놓는 것이 아버지의 배려였다.

할머니가 사라진 지 5분이 지나자 또 다른 남자가 전봇대 앞에 다가왔다. 마흔 중반쯤 되어 보였는데, 빈 병 몇 개가 든 비닐봉지를 손에 들고, 쫙 펴진 종이 상자를 옆구리에

끼고 있었다. 남자는 정면을 똑바로 주시하지 못했고, 묻는 말에 대답하기까지 조금 시간이 걸렸다.

"명절 잘 보냈어? 오늘은 몇 바퀴째 도는 거야?"
"다섯 바퀴. 아침 여섯시에 일어났어요."
"대단하네. 일찍 일어나 운동하니 아주 건강하겠어."

남자도 전봇대를 유심히 살폈다. 더 이상 주워 갈 게 마땅치 않았다. 아버지는 재빠르게 사무실로 들어가 박카스를 한 상자 가져왔다. 새것이 아닌지 상자 틈이 벌어져 있었다. 뭐라도 주고 싶은데, 마땅한 게 없어 급하게 찾아 가져온 티가 났다.

"한 병은 내가 전에 꺼내 마셨어."

빙그레 웃으며 그것을 건네받는 남자의 뒤뚱거리는 걸음이 어줍어 보였다. 남자는 건설 현장 기술자였는데, 사고로 오랫동안 병상에 누워 있었다고 했다. 보상을 제대로 받지 못해 현재는 정부 보조금으로 생계를 이어나가면서, 간혹 장례식장에서 염 작업 돕는 일을 했다. 마땅히 보살펴줄 만한 가족도 없었다. 맛있는 음식 먹고 오랜만에 친지도 만나면서 풍요롭게 즐겨야 할 명절에 남자가 폐지를 줍는 이유였다.

나는 그들을 본 것이 그날 처음이었다. 인쇄소가 즐비한 골목에는 공장과 가정집이 혼재돼 있었고, 아버지 말로는 두 사람 모두 이 근처에 산다고 했다.

집에 돌아오는 길, 내 머릿속에는 폐지 앞에 선 두 이웃의 얼굴이 아른거렸다. 일부러 길을 돌아 운전하며 오랫동안 와보지 않은 인쇄 골목의 풍경을 찬찬히 살폈다. 오래된 건물과 새로 지은 건물이 뒤섞인 거리 곳곳에 세워진 전봇대가 눈에 들어왔다. 어느 것 하나 빠짐없이 그 앞에 음식물, 플라스틱, 종량제 봉투 등의 쓰레기가 너저분하게 쌓여 있었다.

"이 동네는 저거 다 어떻게 처리해요? 무단 폐기하면 CCTV로 잡지 않아요?"

"다들 알아서 잘해."

모든 상황이 함축된 말이었다. 아버지의 공장이 자리 잡은 인쇄 골목은 대전역에서 5분 거리에 있었고, 노숙인과 폐지를 수거하는 리어카가 유독 많았다. 지역 특수성을 무시할 수 없는 동네였다. 이곳에서 일어나는 일을 법의 잣대로만 처리하기에는 난감한 부분이 많았다. 인쇄소에서 버린 종이 부산물과 고철이 생활고를 겪는 사람에게 꼭 필요한 자산이 될 것임은 누구나 알았다. 그곳에 무단 폐기를 하는 사람에게 선의가 있다는 것은 이 골목을 오가는 사람이라면 누구나 예측 가능했다.

"근데 저런 걸 저렇게 가져다놓으면 안 되지. 종량제 봉투에 담아 버려야지."

어느 전봇대 앞에 잘게 썰린 종이가 가득한 비닐봉지가 있는 걸 보며 아버지가 말했다. 종이를 무단 투기하는 일에도 원칙이 있었다. 쓰레기를 수거하는 공무원에게 골칫거리가 되지 않으며, 누군가 고물상에 가져다줬을 때 금전적 가치가 있는 형태로 가져다놓을 것. 그게 타인을 위한 최소한의 배려였다.

잠시나마 집이 더러워지는 게 불편해서 종이를 분리수거함에 나눠서 배출하는 행위를 선행이라고 생각했던 내가 부끄러웠다. 아저씨가 힘겹게 쓰레기를 끌고 가는 모습을 보는 게 불편했을 뿐, 나눠 버리는 행위는 내가 사는 집 안을 깔끔하게 만드는 데만 유용했다. 거기에 타인을 위한 배려는 없었다.

폐지라는 사실은 동일하지만 서울과 대전이라는 공간의 차이가 그 사물을 다르게 느끼게 했다. 폐지가 버려지는 방식과 종류, 그 주변을 맴도는 사람이 달랐다. 그 순환 고리를 파악하면 나와 다른 삶을 살아가는 누군가를 이해하고 배려하는 방법을 배우게 될지도 모르겠다는 생각이 들었다.

어느 날 다시 서울로 돌아와 아파트 지하 분리수거함에 폐지를 버리려고 탄 엘리베이터 안에서, 대전의 인쇄 골목에서 마주친 풍경을 떠올렸다. 리어카 속도를 유지하려고 손잡이를 단단히 움켜쥐던 할머니의 앙상한 손마디, 전봇대

옆을 어슬렁거리며 지나가던 남자의 어설픈 걸음, 그 곁에 선 아버지의 말 없는 뒷모습……. 지금의 내 삶과 이질적인 그 풍경이 그리웠다. 그곳에 가고 싶어졌다.

변방의 기질

내 방의 벽면 절반을 차지하는 사물은 책이다. 책을 사는 즐거움이 옷 사는 즐거움보다 커서 옷장보다 책장의 부피가 더 크다. 읽는 것만큼이나 소유하는 데 욕심을 부린 탓도 있다. 당장 읽지 않는 것을 처분했다면 지금보다 부피가 줄었을 것이다. 그러지 못한 이유는 그것들을 언젠가 꺼내 읽을지 모른다고 생각해서다. 나 스스로 책을 버리지 않고자 만든 명분이기도 했다.

책 이외에 아트페어에서 받은 신진 미술가의 작품 엽서,

쇼핑몰에서 받은 디퓨저 브로슈어, 수채색연필 사용설명서, 공연 안내 책자, 과월호 잡지 등 다양한 지류가 있는데, 그중에서 내가 가장 아끼는 것은 〈아트바스ARTVAS〉라는 미술 잡지다. 인천에 있는 성광디자인이라는 회사에서 발행한 지역 최초의 미술 전문 계간지로, 아쉽게도 3년 남짓한 역사를 뒤로하고 2012년에 폐간됐다.

대학 시절, 그곳에서 객원기자로 일했다. 별다른 경력도 없는 대학생에게 지면이 제공되었다는 것은 지금 생각해봐도 다시없는 기회였다. (최근 호기심이 일어 인터넷에 검색해봤는데, 그때 쓴 기사의 흔적은 찾을 수 없었다. 이제는 오로지 내 방에 종이 잡지로만 존재할 뿐이다.) 그때 1년간 객원기자로 활동하며 평소 만나고 싶었던 미술계 인사를 많이도 만났다. 대학생이라는 신분 덕분에 그랬는지, 호의적으로 인터뷰에 응해준 이들이 다수였다. 특히 여성주의 미술가 윤석남 선생님을 인터뷰한 일이 기억에 남는다.

2010년 여름호 기사를 준비하던 나는 '작가의 타임머신'이라는 주제로 미술가의 유년기와 청년기부터 현재에 이르는 작가로서의 인생 여정을 취재하고 있었다. 윤석남 선생님은 인터뷰를 청하는 내 의뢰를 흔쾌히 수락했고, 필름만 남아 있던 어린 시절 사진을 다시 현상해 인터뷰하는 장소에 가져오셨다. 당시 일흔에 가까운 나이였던 선생님은 손녀뻘 기자에게 본인이 겪은 인생을 솔직하게 들려주셨다. 결혼하고 나서 가정주부로 지내다 마흔이 넘어 미술 유학을 떠나게 된 사정, 잊지 못할 어머니와의 추억, 여성 작가로서의 고단한 삶……. 카페에서 인터뷰를 진행했는데 당시 내게는 노트북이 없었던지라 고운 말투로 들려주시는 내용을 열심히 손으로 받아 적느라 혼이 났다.

"처음 보는 잡지인데, 기사 기획도 직접 한 건가요?"

날카로운 눈매의 심사위원이 물었다. 윤석남 선생님의 인터뷰를 마치고 기사로 송고한 몇 달 후, 다른 잡지사의 기자직 면접 자리에서였다. 분명히 다른 사람들보다 면접에서 뒤처질 게 뻔해 윤석남 선생님 기사를 비롯해 〈아트바스〉에서 쓴 기사들을 출력해 포트폴리오로 만들어 가져갔는데, 그 덕분에 특별한 질문을 받게 된 것이다. 대학 막바지, 뛰어난 스펙이나 점수, 경력이 없던 내게 그 출력물이 큰 도움이 됐다. 그냥 말로만 "제가 미술 전문지에서 객원기자로 글을 썼는데요"라고 설명했다면 얼핏 듣고 넘겼을지도 몰랐다. 대충 보아도 인지도 있는 매체에서 글을 쓴 경력이 있는 경쟁자가 많기도 했다. 하지만 자기가 쓴 기사를 종이로 출력해 가져온 사람은 나 말고는 없었다.

그게 통했는지, 결국 잡지 기자가 됐다. 내가 원하던 '문화' 장르의 잡지는 아니었지만, 내 글이 종이로 출력되는 것이 기뻤고, 누군가의 손에 만져지고 읽히는 게 행복했다. 2010년, 종합 편성 채널이 생기기 직전이고 온라인 방송이 활성화되던 초창기라 해당 매체로 전향하길 원하는 사람이 많았지만 나는 달랐다. 잡지가 좋았다. 종이로 만져지는 글, 그것이 단단한 뭉치로 엮인 잡지를 읽는 게 행복했다.

2000년대 중반, '서브컬처'라는 단어가 자주 쓰였다. 홍대와 합정 등이 핫플레이스로 떠오르며 그곳에서 활동하는 예술가의 작업, 일상 등에 관심이 높아지던 시점이었다. 비주류 삶을 살아가는 그들의 라이프스타일이 내겐 한없이 흥미로웠다. 그곳의 문화, 예술, 음식 등을 알아가는 일도 재밌었다. 대학 시절, 그런 영향으로 디자인과 사진을 작업하는 친구와 함께 작당해 인디 잡지 〈오미자〉를 만들었다. 그러나 얇은 종이, 정교하지 못한 인쇄, 중철로 된 잡지의 외형은 사람들의 호기심을 자극하지 못했다. 홍대 근처의 길거리 음식, 중학교를 중퇴하고 기타리스트로 활동하는 청년의 삶, 홍대 앞 놀이터의 일상 등 〈오미자〉에 담은 콘텐츠도 만든 우리에게나 흥미로울 뿐이었다. 서브컬처로서 큰 이목을 끌 만한 내용도 아니며, 삶에 도움을 주는 정보도 아니었다. 그럼에도 그 잡지를 만든 시간이 아깝지 않았고, 내게 한없이 귀중한 사물이었다.

나는 사회적 기준을 좇기보다는 개인의 욕망에 충실했다. 친구들이 우후죽순 유럽 여행을 떠나던 방학 기간에는 삼청동 미술관에서 도슨트를 하며 저녁엔 홀로 카페에서 글을 썼고, 모두가 토익 시험을 준비할 때 미술학원에 등록해 그림을 그렸다. 주변에서는 그런 나를 미성숙한 가치관을 가진 사람으로 판단했다. 배낭여행, 사회 봉사, 영어 성적 따위가 스펙 한 줄이 되던 시기에 내 행동은 쓸모없게만 보였을 것이다. 그런 내 삶의 방식을 응원해주고, 같은 생각을 가진 사람들과 교류하게 도와준 매개체가 나에게는 바로 잡지였다. 주류 신문이나 텔레비전 뉴스에서 얘기하지 않는 새로운 시각을 잡지를 통해 공유했다. 영국 잡지 〈MONOCLE^{모노클}〉, 국내 미술지 〈아트앤컬처〉, 문화잡지 〈BRUT^{브뤼트}〉와 〈BLING^{블링}〉 등을 즐겨 읽었다. 내가 알고 싶고, 듣고 싶은 것들이 모두 그 안에 있었다.

"그런 것들까지 알 필요는 없지 않나?"

도서관에서 장르 잡지를 뒤적거리는 나를 보며 친구가 말했다. 물음에 언뜻 부정적 뉘앙스가 담겨 있었다.

"인터넷에 없는 내용도 많거든."
"중요하지 않은 것까지 뭘 다 알려고 해."

친구의 핀잔을 들으며, 나는 수많은 잡지가 창간되고 없어지는 이유를 알 것 같았다. 나에게 즐겁고 소중한 것이 타인에게는 아무것도 아닐 수 있었다. 내게 흥미로운 잡지 속 내용이 다수에게는 무관심의 대상일 수도 있었던 것이다.

내가 좋아하던 문화지의 폐간 징후를 느낀 것은 영화지들이 폐간되기 시작한 뒤부터였다. 상대적으로 광고 수익이 탄탄한 패션지와 달리 글이 중심인 영화지의 수입엔 한계가 있었다. 2007년 〈프리미어〉가, 2008년 〈필름 2.0〉이 폐간됐다. 그 후 내가 즐겨 읽던 잡지들이 연이어 사라졌다. 2011년 〈브뤼트〉가, 2012년 〈지콜론〉이, 2018년 〈블링〉이 폐간됐다.

즐겨 읽던 잡지가 폐간되는 것은 슬픈 일이다. 그 잡지의 에디터가 다른 매체에 계속 글을 쓰는지 찾아보지만, 혹시라도 그가 더 이상 글을 쓰지 않는 상황이라면 내가 좋아했던 뉘앙스의 글은 이제 영영 볼 수 없었다. 그런 특성은 잡지를 더 귀한 것으로 느껴지게 했다.

"딱 50부만 필요한데, 가능할까요?"

"부수가 너무 적으면 단가가 비싸요. 조금 더 찍으면 어떠세요?"

"난 우리 가족이랑 친척한테만 주면 되거든요."

얼마 전, 한 할아버지가 자신이 쓴 시를 모아 책으로 출력하겠다고 인쇄소에 찾아오셨다. 등단한 적은 없지만 10년 넘게 틈틈이 써온 소중한 작품집이었다. 개인의 감정을 격정적으로 토로하는 그 시에서 아쉽지만 나는 별다른 느낌을 받지 못했다. 어쩌면 나와 세대, 취향이 달라서일지 몰랐다. 하지만 나는 그 시들이 영롱하고 멋지다며, 진심에서 우러나지 않는 입에 발린 말로 그의 기분을 좋게 만들었다. 할아버지를 보며, 누군가 나를 알아봐주기를 바라던 예전의 내 모습이 떠올라서였다. 대중성은 없지만 내게는 한없이 소중했던 어느 에디터의 글을 읽던 날들, 누군가 꼭 읽기를 바라면서 내 글을 종이로 인쇄했던 날, 대학 시절 친구들과 인디 잡지를 만들어 딱 100부만 인쇄했을 때, 면접 포트폴리오를 만들고자 내가 쓴 기사를 한 부씩 출력했을 때……. 당시 나는 읽을 대상이 소수라도 신경 쓰지 않았다. 반갑게 읽어줄 누군가가 있다면 기꺼이 만들고 싶었다. 내 생각이 종이라는 사물로 변주돼 누군가의 손에 들리는 게 그저 신이 났다.

겉으로는 다수가 선호하는 삶을 살고 싶었지만, 내 행동은 늘 역행했다. 내가 만들었던 종이와 글의 타입을 보면 누구나 짐작할 수 있겠지만, 보편적인 말을 듣고 수용하기보다 내 생각을 전하고 싶은 욕망이 컸다. 누군가에게 종이를 건네는 일은 웹으로 메시지를 전달하는 방식과 다르다. 책장을 넘길 때, 손으로 느끼는 종이의 질감은 촉각도 자극한다. 그 감각이 내게는 매우 귀중했다.

20대의 내가 잡지 기자가 되고 싶었던 이유를 종이를 버리지 못하는 지금의 나에게서 유추해본다. 나는 그때 내 취향이 비주류 혹은 변방이라고 지칭되는 것에 크게 신경 쓰지 않았다. 타인의 시선보다 자기만족이 중요했다. 이제껏 내 삶에서 즐거움이 가장 컸던 시절이 그때인 이유일 것이다. 그런 나의 개인적 특성을 무시한 채 한동안 정신없이 살았다. 누군가의 기호를 충족하기 위한 글을 쓰고, 행동을 되풀이했다.

지금의 나는 대전의 작은 인쇄소에서 매일 소수만 읽을 것 같은 종이가 인쇄되고 출력되는 모습을 본다. 정보 전달용 팸플릿, 전시 브로슈어, 축제 소책자 등 독자 대상은 불특정 다수라고 해도, 그 종이에 담긴 내용을 유심히 신경 써서 보는 사람은 아마 소수에 불과할 것이다. 직업병일지 모르겠으나 나는 그 소수 중의 하나다. 특별하거나 취향에 맞는 독특한 종이를 마주하면 그냥 넘겨버릴 수 없다. 길거리에서 누군가 주는 전단지는 한 번이라도 더 살피게 되고, 별거 아닌 것으로 예상해도 바로 버리지 못한다. 그것이 기획되어 종이로 탄생하기까지의 과정이 파노라마처럼 머릿속에 떠올라서다. 웹에서는 스크롤로 쉽게 외면해도 좋을 내용이 종이에 입혀지면 더 유심히 살피게 된다. 그 속에 누군가 '꼭 전해야 하는 말'이 들어 있을 것 같고, 어서 귀 기울여 그의 말을 듣고 싶다. 지난날 별 유용성 없는 나의 글을 읽고 공감해줬던 소수에 대한 나만의 보답이라도 되듯이.

종	이		위		사	람	들			

비좁은 골목 사이로 낡은 자전거와 지게차가 서로 얽히며 묘기를 부리듯 아슬아슬하게 스쳐 지나가는 게 일상인 인쇄 골목에서 자동차 경적을 누르기란 쉽지 않다. 길목을 막아선 차에 나름의 사정이 있음을 알아서다. 뭔가 급하게 처리할 일이 있거나 종이와 자재를 운반하고 있을 가능성이 크다. 누군가 일방통행 골목을 막아섰더라도 쉽게 화내지 못하고 소리 없이 양보하며 기다린다. 경적음 같은 인쇄기 회전 소리, 약품 냄새 풍기는 종이, 온종일 분주하게 움직이는

사람들······. 20여 년 전 어린 시절에 봤던 이곳 풍경은 지금과 크게 다르지 않았다.

"아마 곧 페이퍼리스paperless의 시대가 올 거야."

중학교에 다니던 무렵부터 그런 말이 주변에서 오갔다. 사람들은 웹으로 소통하는 시대가 본격화되면 웹이 종이를 대체할 것이라고 떠들어댔다. 그런 믿음은 종이를 운반하고 인쇄기를 돌리는 기술자의 마음속에도 생겨났다. 인쇄소에서 밥벌이를 지속하는 게 어려울 수도 있다고 판단해 직업을 바꾸는 사람이 점차 늘었다. IMF 이후 그런 경향이 가속화됐다.

인쇄소를 운영하던 아버지도 기술자 찾는 일에 골몰했다. 다수가 구직난에 시달렸지만, 공장 기술자가 되려는 사람은 점점 줄었다. 구인난이 갈수록 심해지면서 아버지는 몇십 년간 운영하던 일을 더 이상 이어가기 어렵다고 한탄하셨다.

나 또한 대학을 졸업하고 번듯한 기업에 취직해 정시 출퇴근을 하는 게 그럴듯한 삶의 방식이라 생각했다. 자연스럽게 회사원이 되었다. 하지만 알고 보니 그건 나와는 잘 맞지 않는 삶의 방식이었다. 몇 번의 뒤틀림을 겪은 20대 후반, 나는 비로소 그 궤도에서 이탈했다.

"원하는 글을 쓰며 살고 싶어."

그러나 여전히 삶에 대한 환상이 있었다. 커피 한 잔과 노트북만 있다면 완벽한 하루를 보낼 수 있을 것이라 생각했다. 글 쓰는 일에 근거 없는 자신감이 있었다. 하지만 내 글이 인정받지 못하는 날들이 이어졌고, 통장 잔고는 늘 바닥이었다.

그런 삶에 대한 두려움이 서서히 생겨났다. 프리랜서의 삶은 결코 안정감을 주지 못했다. 그러다 보니 직장을 다니거나 사업을 하고 싶어졌다. 어딘가에 소속되어 은행 대출을 활용하며 자산을 안정적으로 운용하는 지인을 보니 마음이 조급해졌다. 제도 밖에 사는 일이 부담스러웠고, 글 외에 다른 밥벌이 수단이 필요했다. 고민이 맞물리면서 머릿속이 복잡해지자 내처 고향을 찾았다.

한때 기차를 타고 대전역에 내리면 정돈되지 않은 복잡한 이미지를 마주하는 느낌이 먼저 들었다. 만둣집, 가락국수집, 보청기집, 구제 가게 등 전통 시장 초입에 있을 것 같은 상점들이 노점까지 펼치며 통행로를 좁혔다. 낡고 오래된 건물이 복잡하게 뒤엉킨 모습이 눈에 거슬릴 정도로 싫었다.

'촌스럽고 지저분해.'

초등학교에 입학하기 전까지 대전에 백화점은 단 한 곳뿐이었고, 당연히 집 근처 대전역 인근 시장에서 물건을 사는 일이 흔했다. 새 학기를 맞이할 때는 늘 그곳에서 옷과 운동화를 사면서 시장에서 파는 칼국수와 소머리국밥을 맛있게 먹었다. '과학의 도시'라는 별칭답게 급격히 발전하는 지역도 있었지만, 대전역 근처는 별다른 변화가 없었다. 구도심이라는 딱지가 자연스럽게 붙었다. 사람만 변할 뿐, 허름한 장소에서 장사를 이어가는 모습은 여전했다.

그런데 서울과 대전을 오가던 어느 날부터인가 그 광경이 소중하게 느껴졌다. 난개발이 시작된 서울은 한쪽에서 건물이 부서지고 다른 쪽에서 건물이 새로 올라가는 일이 빈번했다. 익숙했던 공간은 쉽게 사라졌다. 신촌과 홍대 거리에서 내가 즐겨 찾던 도로와 상점은 사라졌다. 젠트리피케이션gentrification이 서울 곳곳을 덮쳤다. 한곳에서 마음 편히 장사하기 어려운 시대였다.

반면 대전역 인근은 20년 넘게 같은 간판을 달고 있는 곳이 많았다. 오래된 골목에 대한 향수를 간직한 토박이가 늘 그곳 주변을 맴돌았다. 나의 아버지가 그랬고, 언제부턴가 나 역시 그런 사람 중 한 명이 되었다. 변하지 않는 것들이 소중하다는 사실을 점차 깨닫게 되었다.

'이곳이 좋아. 내가 하고 싶던 일이 여기에 있어!'

물론 내가 그런 생각만으로 호기롭게 인쇄소를 창업했던 건 아니다. 막연한 긍정은 있었지만 뚜렷한 의지는 없었다. 당시 나는 계획대로 이뤄지지 않는 삶에 실망하고 있었

218

다. 노력하고 집착할수록 목표에서 멀어졌고, 이상은 현실의 벽을 넘기 어려웠다. 아마 사업을 할까 고려한 것도 현실적인 이유에서였을 것이다. 그 과정에서 대전을 유심히 관찰하던 내게 고향에 대한 애정이 조금씩 생겨났다. 자연스럽게 인쇄 골목이 좋아졌다. 물고기가 여러 곳을 맴돌다 고향으로 돌아가는 것과 같은 이치일지도 몰랐다. 어쨌든 이젠 '하고 싶은 일'이 아니라 '할 수 있는 일'을 해야 할 시기이기도 했다.

2017년 5월, 그렇게 해서 나만의 인쇄소를 창업했다. 이곳에는 현재 나를 포함해 네 명의 구성원이 있다. 나를 제외하고 모두 인쇄 기술자다. 내가 이곳에서 하는 주된 일은 입찰 등을 통해 수주한 일을 처리하는 것이다. 부수, 종이의 종류, 인쇄 방식 등이 적힌 과업지시서대로 인쇄를 하거나 타사에 하청을 맡긴다.

대전 인쇄 골목엔 소규모 인쇄소가 즐비하다. 대전에서 모든 인쇄 공정을 자체 처리할 수 있는 곳은 드물다. 을지로나 파주 등 인쇄소가 밀집한 수도권도 마찬가지 사정이다. 인쇄소마다 대량생산을 주로 하는 오프셋 인쇄, 소량 주문에 적합한 디지털 인쇄, 무선 제본, 중철 제본, 패키지 출력 등 자신들이 주로 하는 작업 영역이 있다. 보유한 인력의 기술과 장비의 기능이 저마다 다르다. 인쇄와 관련해 한 분야만 하는 곳도 있고, 두 분야 이상을 하는 곳도 있다.

회사명으로 그 영역을 예측하기란 어렵다. 기획, 인쇄, 프린팅, 제책, 코팅, 금박, 애드 등 가지각색의 복합명사가 붙은 회사가 존재하기 때문이다. 이런 사업장을 통틀어 인쇄소라 부른다. 이 구역 공식 명칭이 '대전인쇄특화거리'인 이유다.

이 골목에서 처음 일을 처리하는 사람은 혼란스러울 수 있다. 컴퓨터 한 대 없이 손글씨로 영수증을 기입하는 사장님 앞에서 전자 세금계산서를 요청하는 건 쉽지 않다. 어도비사의 최신 버전 디자인 프로그램이 특정 인쇄소에서 호환되지 않아 당황할 수 있다. 나 역시 그랬다. 온라인 주문 시스템을 구축한 대형 인쇄 기업에 일을 맡길 때와 다른 상황을 이곳에서 자주 마주한다.

"저는 인쇄 골목에 가서 일 맡기는 게 좋아요. 내가 원하는 작업을 잘하는 곳에 골라 맡기고, 작업이 중간에 잘되

는지 체크도 할 수 있죠. 인터넷에서 맡기면 과정을 확인
할 수 없어요. 답답하고 잘못되는 일도 많이 생겨요."

어느 날 프리랜서 편집디자이너로 일하는 지인이 말했
다. 작은 인쇄소는 고객이 각 공정을 확인하거나 검열하는
게 가능하다. 반면 대형 인쇄 기업에 온라인 주문을 맡기면
완성품이 나올 때까지 확인이 불가능하다. 주문 방식은 편
리하지만 원하는 방식대로 품질을 충족하는 상품이 나올지
알 수 없다. 종이의 종류, 보관 상태, 기술자의 실력에 따라
인쇄 결과물이 달라지는 불안 요소가 있으므로 자신이 하려
는 인쇄물을 잘 처리해줄 인쇄소를 찾는 일은 그만큼 중요
하다.

인쇄소마다 전문 분야와 기술자가 있고, 특화된 분야가
있다. 1954년에 세워진 한 인쇄소는 족보를 전문으로 출력
한다. 과거에는 전국 각지에서 족보를 복원하려고 찾아오는
사람이 많아서 식당과 호텔을 직접 운영할 정도로 호황이었
다. 고급 특수지로 전국에 이름을 알린 기획사, 특수 라벨지
를 일본과 중국에 수출하는 인쇄소, 무일푼에서 시작해 자

신만의 비법 제본술로 건물주가 된 기술자 등 다양한 스토리가 이 골목 안에 있다. 물론 잘나가는 인쇄소는 소수다. 세월의 풍파로 역사의 뒤안길로 사라져 버린 곳도 많다.

"살아남은 인쇄소의 비밀이 다른 데 있는 것 같더라고요. 장비를 갖추고 기계를 돌리려면 규모 있는 공장이 필요하잖아요. 사업체를 담보로 은행 대출을 받아 대지를 사는 일이 중요할 거고요. 인쇄업은 하락세인데, 땅값이 올라 돈을 버는 대표님이 많은 것 같았어요."

지난해 소상공인시장진흥공단을 통해 사업 컨설팅을 받은 적이 있다. 그때 전국의 인쇄소를 돌아보던 컨설턴트로부터 들은 얘기다. 그도 그럴 것이, 사업이 번창하면 수주한 일을 처리하기 위해 더 큰 공장이 필요해지는 시점이 온다. 그때 부동산을 매입하지 않고 장비와 인력에만 투자하면 나중에 값비싼 임대료를 감당하는 상황을 맞이하게 된다. 음식, 의류 등의 일반 비즈니스에서도 다수 발생하는 현상일 것이다. 모름지기 사업이란 기술 못지않게 경영 능력이 중요한 법이다. 비록 아버지가 기술자 출신이 아니었지만, 인쇄소를 오랫동안 지속할 수 있던 이유이기도 하다.

"그나마 팔아먹을 거라도 있으니 다행이지."

코로나19 바이러스의 타격으로 20년 된 오프셋 인쇄기한 대를 딜러에게 넘기며 아버지가 이야기했다. 과거 19억원을 주고 독일에서 들여온 하이델베르크 인쇄기는 그 5분의 1 가격에 스리랑카로 떠났다. 아버지는 기계가 트럭에 오르는 모습을 씁쓸한 표정으로 지켜보고 나서 천천히 대폿집으로 향했다. 공장 가동률이 떨어지고 직원이 줄고 있으니, 기계를 팔아 생긴 자금은 당분간 현상 유지에 쓰일 것이다.

'20년 전에 그 기계를 살 돈으로 서울에 아파트를 샀으면어땠을까.'

속으로 그런 생각을 했지만 입 밖에 내지는 않았다. 독일과 일본의 인쇄기 제조사를 방문하고 와서 좋아하시던 90

년대 초반 아버지의 모습이 떠올랐다. 그동안 기계는 수천 번 넘게 회전됐고, 덕분에 나는 어려움 없이 학업을 마칠 수 있었다.

아버지가 운영하는 인쇄소는 '중앙인쇄사'다. 1979년에 창업했고, 40년 넘게 운영했다. 내가 당장 가업을 물려받지 않고, 나만의 비즈니스를 창업한 것은 현실적인 이유에서였다. 아버지는 교과서나 공공기관 책자 등의 대량 인쇄물만 제작한다. 그래서 기계를 유지하고 수리하는 데 드는 비용이 엄청나다. 지금 같은 수요가 유지된다는 보장이 없는 마당에 그 시스템을 그대로 유지하기는 부담스러울 수밖에 없다. 가업 승계를 하면 사업장과 관련된 규약은 물론이고, 고용 인원을 유지해야 한다는 조항이 있다. 현재의 법규를 따라 그 대책을 마련하는 일이 쉽지 않았다.

나는 주로 콘텐츠를 기획하고 접지와 중철을 하는 인쇄소를 운영한다. 이런 나의 의도에 맞게 아버지는 '중앙애드피아'라는 사명을 지어주셨다. '애드피아'라는 단어에 많은 사람이 고개를 갸우뚱했다. 90년대 초반, 광고 시장이 활황기였을 때 생겨난 신조어인 까닭이다. 대학에서도 광고 관련

학과가 인기였고, 광고인을 꿈꾸는 사람이 많았다. 당시 '애드파워'라는 대학 광고 동아리를 소재로 한 〈광끼〉라는 드라마도 있었다. 많은 인쇄소가 '애드'를 사명에 사용해서 '애드모아' '애드월드' '애드피아'라는 간판이 곳곳에 등장했다.

처음에는 그 이름이 여러 가지 이유로 부담스러웠다. 내가 중앙일보 계열사의 잡지에서 일한 적 있다는 게 그중 첫 번째 이유였다. 이전 회사 이름을 비즈니스에 활용하는 것처럼 보일까 봐 신경이 쓰였다.

"회사 이름 바꾸면 안 될까요?"
"안 된다. 내가 40년 전에 '중앙'이라고 써서 잘된 것 같거든. 그 단어가 재수가 있어."
"그럼 '애드피아'라도 바꾸면 안 될까요?"
"간판 다 만들었는데, 바꾸면 돈 들잖아!"

자의 반 타의 반, 나는 그 불편한 단어의 조합에 적응하고 있는 중이다. 사실 이곳 인쇄 골목에서는 이름 따위가 중요하지 않다는 것을 종종 느낀다. 브랜딩 잘된 제품의 명칭에 매료되어 상품을 구입하는 소비재 시장과 이곳은 전혀 다른 세계다. 사명이 아니라 결과물로 판단을 받는다. 수요자의 요구대로 납품일에 맞춰 인쇄물을 제때 납품하는 것이 중요할 뿐이다. 분명히 아버지는 인쇄기가 회전하는 일이 우선인 인쇄소의 순기능이 지속될 것이라 낙관하지 않는 까닭에 사명에서 '인쇄' 글자를 뺐을 것이다. 순기능 외에 이윤을 창출할 수 있는 방법을 탐색하는 것은 앞으로의 내 몫이다.

인쇄 골목에 입성한 지 이제 몇 년밖에 되지 않은 나로서는 이해할 수 없는 모습이 여전히 많다. 소처럼 묵묵히 일만 하는 사람, 오지랖 부리며 남 일에 지나치게 관여하는 사람, 빚에 허덕이다 속이 새까맣게 타버렸다는 사람과 어우러지다 보면 세상사 무엇이 정답인지 모호해진다. 그러나 적어도 그들 안에 담긴 단 한 가지 공통점은 깨달을 수 있다. 바로 '종이에 대한 진심'이다.

서로 다른 사람들이 조화를 이루며 인쇄 골목에서 조우하는 이유는 종이에 대한 진심이 있어서다. 종이를 운반하고, 디자인을 하고, 인쇄기를 돌리고, 포장하는 일과에서 그들은 매일 종이를 만진다. 사양산업이라는 말을 들으면서 끝까지 이 골목에서 버티며, 돈이 생기면 새로운 기계를 살 궁리를 하고, 가족이 들어가 살 아파트보다 기계를 꾸릴 공장을 매입한다. 그들의 삶에서 모든 우선순위는 종이와 관련되어 있다.

성격이 괴팍하다고 소문난 사람일지라도 비좁은 인쇄 골목 일방통행로에서 누군가와 마주치면 먼저 상대에게 길을 내어줄 궁리를 한다. 종이가 주는 동질감은 촌각을 다투는 상황에서도 상대방을 이해하려는 여유를 품게 한다. 갓 찍은 잉크의 온기가 배어든 종이가 서로의 손에서 손으로 옮겨지며 전이되는 것은 상대를 배려하는 마음이다. 계획대로 일처리가 되지 않아 이곳저곳 뛰어다니며 안절부절못하는 상황일지라도 문제를 해결해줄 누군가는 반드시 존재한다. 우리는 모두 '종이'를 위해 일하기 때문에.

종	이	의		감	각					

지난날, 내가 가진 잡다한 지식만으로 자만한 적이 있다. 그
것을 배경 삼아 글을 쓰고 타인을 판단하며 세상을 재단했
다. 비슷한 성향인 사람들하고만 어울리며 친해지는 일에
익숙했다. 그런 내 사고가 편협했다는 것을 나는 인쇄소에
서 일하면서 알게 됐다. 실용적이지 않은 지식은 탁상공론
에 불과했다. 내 지식이 종이가 인쇄되는 일에 쓰이기에는
터무니없이 미약했다.

　나만이 할 수 있는 일이 없을까 고민했다. 인쇄 과정에서

이뤄지는 기획, 디자인, 인쇄기 작동, 후가공, 포장, 유통 중 어느 한 부분의 기술이라도 배우고 싶었다. 그중 인쇄기를 다루는 일은 이제까지 경험한 삶의 '결'과 달라 엄두를 내기 어려웠다. 기술자로 일하는 사람들의 고된 일상을 봐왔기 때문일지도 모르겠다. 다년간 기계를 다루다 보면 손 감각이 무뎌지고, 힘줄이 끊어지는 경우도 있다. 그런 위험을 감수할 배포는 내게 없었다. 내가 할 수 있는 일은 기획과 디자인으로 좁혀졌다. 인쇄소를 운영한 지 3년째 되었을 때, 온전히 내 기획만으로 상품을 만들어보기로 했다.

마침 근처에 있는 인쇄소공인특화지원센터에서 소공인을 대상으로 하는 디자인 교육이 있었다. 1년에 한 번 개최하는 프로그램으로, 저녁 여섯시 반부터 아홉시 반까지 일주일에 네 번씩 무료로 진행됐다. 거기서 포토샵, 일러스트, 인디자인 프로그램을 배웠다.

지독한 기계치였던 터라 마냥 즐거운 마음으로 그곳에 갈 수는 없었다. 나이도 많은데 못 따라가면 어쩌나 걱정이 태산이었다. 그러나 첫 수업을 하는 날, 그런 걱정이 사라졌다. 내 또래는 소수였고, 대다수가 중년 이상이었다. 인쇄소의 회계, 경리, 인쇄기 운전 등 다양한 분야에 종사하는 사람들이 업무 영역 확장이나 자기계발 등을 목표로 참여했다. 개중에는 1년에 한 번씩 매년 교육 프로그램을 들으러 오는 사람도 있었다.

"몇 년 하니까 작년에는 책 한 권은 편집할 수 있겠더라고요. 그래도 혹시 놓치고 모르는 게 있을까 봐 또 와봤어요."

자기소개 시간에 환갑이 넘은 여성이 수줍게 말했다. 인건비를 감당하기 어려워 간단한 디자인이라도 직접 해보려고 온 사장님도 있었다. 만학도가 다수였던 그곳의 분위기는 생각보다 열정적이었다. 수업 중간에 잘 이해되지 않는 부분을 질문하는 사람들 때문에 종종 소란스러웠고, 일하느라 수업에 늦게 온 누군가는 자기가 놓쳐버린 내용을 다시 설명해달라면서 수업 진행을 방해했다. 예전의 나라면 그런 모습이 짜증스러웠을 테지만 지금은 그게 나빠 보이지 않았다. 어쨌든 수고를 무릅쓰고 뭔가 하나라도 더 배우려는 거니까.

그렇게 두 달 동안 스파르타식으로 디자인을 공부했다. 간혹 수업에 가고 싶지 않을 때도 있었다. 가뜩이나 피곤한데 내용이 잘 이해되지 않으면 집에 가서 쉬고 싶은 마음이 간절했다. 어렵사리 복습에 복습을 거쳐 프로그램 기능을 익혀도 앞이 막막했다. 브랜딩과 네이밍은 별개의 과정을 요했다. 내가 만들고 싶은 제품에 어울리는 수식어들을 선택해봤다.

'쓰기, 마음 가는 대로, 기분 좋은, 기분 나쁜, 고민, 행복……'

일단 감정을 정리할 수 있는 노트라는 콘셉트를 잡았다. 평소 '종이 루틴'이라는 방법으로 직접 필기하던 방식을 활용해 목차를 구성했다. 왼쪽 페이지에는 오늘의 감사한 일과 걱정한 일을 쓰는 공간을, 오른쪽 페이지에는 시간별로 작성하는 감정 그래프를 넣었다. 감정을 그래프로 표현해보자는 것은 새롭게 떠오른 아이디어였다. 그렇게 기획한 노트에 '데일리 무드daily mood'라는 이름을 붙였다. 매일의 감정을 기록하는 노트라는 콘셉트를 반영해 지은 이름이었다. 디자인을 스케치하는 일보다 색상과 폰트를 선택하는 데 생각보다 많은 시간이 소요됐다. 도련선과 재단선 등 편집 디자인에 맞는 양식을 갖추는 작업은 세밀함을 요했다. 자칫 오류가 있는 파일을 건네면 인쇄비용을 날릴 수 있으니까.

주변 사람들의 도움을 받아 디자인을 완성하고, 지업사에 방문해 종이를 골랐다. 소량의 종이를 구매해 횡목(가로 결)과 종목(세로 결) 등 종이의 결을 확인하고, 질량을 직접 측정했다. 평소 일을 할 때는 고객이 보내오는 과업지시서를 보고 필요한 종이를 지업사에 주문만 하는 터라 따로 종이를 관찰할 일이 없었는데, 다양한 종이를 대조하면서 같은 디자인이더라도 종이에 따라 상품 분위기와 퀼리티가 달라 보인다는 것을 느꼈다.

신중하게 선택한 종이로 노트 한 권을 완성했다. 표지는 색상이 다른 두 가지 버전으로 만들었다. 기분을 표현하고자 '비rain'라는 도상을 선택하고, '그린비green rain 에디션' '퍼플비purple rain 에디션'이라는 이름을 붙였다.

"이게 비라고?"

"너무 확실하게 비처럼 보이면 촌스러울 것 같아서 미니 멀하게 표현했어."

비의 이미지를 그리는 데 특히 많은 시간을 쏟아부었던 나는 완성된 노트를 건네자마자 지인이 했던 말에 마음이 살짝 상해 변명 아닌 변명을 늘어놓았다. 하지만 내가 보기에도 처음 만들어본 노트는 어설픈 구석이 많았다. 단순한 사물을 실감 나게 표현하는 것은 생각보다 어려웠고, 영어로 쓴 내지는 반감을 줬다. 신경 써서 고른 표지는 때가 잘 타는 재질이었다. 장점이자 차별점도 있었다. 어쨌든 시중 문구점에서 팔지 않는 주제의 노트였고, 지난날 불안했던 나의 감정을 치유하는 데 유용했던 필기 경험을 바탕으로 만들었으니까. 그때부터 틈틈이 노트를 구상했다.

두 번째로 만들어본 노트는 '백스토리back story'로, 싫어하는 사람에 대해 기록할 수 있는 노트였다. 경험상 친구들과 수다를 떨면 일과 취미, 쇼핑에 관한 얘기 외에 꼭 빠지지 않고 나오는 소재가 바로 누군가에 대한 뒷담화였다. 이기적인 회사 동료, 층간소음으로 고통을 주는 이웃, 얄미운 친구 등 누구에게나 싫어하는 대상이 존재하고, 그 감정을 혼자 안으로 웅크리고 있는 일은 괴롭기 그지없다. 노트에 그 감정을 쓰는 간단한 행위만으로도 불편한 마음을 손쉽게 털어낼 수 있다는 걸 알리고 싶었다. 백스토리 노트는 자기가 싫어하는 사람의 특징과 이유, 그에게 하고 싶은 말을 쓰도록 구성했다.

"감사 노트처럼 긍정적이고 좋은 것만 기록하고 싶은 게 사람 마음 아닐까? 그래서 아마 욕 쓰는 노트 같은 건 없는 거고."

"돈이 안 될 것 같은데? 문구 브랜드가 워낙 많아야지. 학생도 점점 줄고, 요즘 노트 필기 앱도 많이 쓰잖아. 나도 노트 안 산 지 한참 됐어. 내 주변도 다 그래."

백스토리 노트를 본 사람들이 저마다 의견을 늘어놓았다. 그러나 나의 경우에는 '감사한 일'을 매일 노트에 쓰다 보면 어느 순간 지겨움을 느끼곤 했다. 때로는 일부러 머리를 쥐어짜며 감사했던 상황을 어렵사리 떠올리기도 했다. '감사'라는 아름다운 단어 앞에서 글씨를 휘갈겨 쓰기 민망해 평소 글씨체와 다르게 일부러 반듯하고 단정하게 썼다. 그러다 어느 순간 노트의 지면을 억지로 예쁘게 채우려는 가식적인 내 모습을 발견하고 노트 쓰기를 멈췄다. 화난 감정이나 욕설을 실컷 쓰고 나니 차라리 마음이 편해졌다. 물론 그런 콘셉트에 공감하는 이는 몇 되지 않았다. 무엇보다 사람들은 노트를 그 자체로 이해하기보다 유통의 대상으로 여겼다. 서른이 훌쩍 넘은 사람들에게 문구는 관심 밖의 사물일지도 몰랐다. 말 그대로 전자 문서가 일반화되고, 앱으로 일정표를 관리하며 필기하는 방식에 익숙해져서일 것이다.

간혹 용기를 내기 위해서는 듣고 싶은 말만 들을 필요도 있었다. 결국 '내 편'에 선 조언들을 얻고자 나와 비슷한 성향인 친구들에게 의견을 구했다. 친구들은 내가 노트를 기획한 의도와 디자인, 편의성 등을 꼼꼼히 살펴 피드백해줬다. 그리고 '누군가 이런 것도 좋아할 거야'라는 말로 응원해주었다.

지금까지 세 권의 노트를 만들었지만 여전히 내 실력은

부족하고 미숙하다. 그래도 언젠가는 멋진 노트를 만들어볼 생각에 틈날 때마다 디자인과 타이포 등을 독학하고 지류 매장에 틈틈이 방문해 다양한 종이를 관찰한다. 서점의 외국 서적 예술·디자인 코너에서 아이디어를 얻기도 한다. 그렇게 나의 노트는 조금씩 업그레이드되고 있다.

아직은 문구를 개발하는 일에 수익이 따르지 않는다. 노트 제작을 고민할 시간에 차라리 다른 업무를 하는 편이 더 경제적인 게 분명하다. 그래도 당분간 노트 만드는 일을 포기하지 않을 생각이다. 노트를 기획하고 디자인하는 일은 글쓰기와 비슷한 점이 많다. 생각을 다른 형태로 표현하고자 골몰하고, 형태를 수정하는 일을 반복해야 한다. 미지의 대상을 위한 노력이라는 점도 비슷하다. 과연 누가 내 글을 읽을지 모르는 것처럼, 어떤 사람이 노트를 사용할지 알 수 없다. 완성물이 되었을 때, 비로소 수요자가 생겨난다. 물론 자발적 수요자가 영영 생기지 않을 수도 있다. 아무도 원하지 않으면 노트는 창고에 쌓이고 만다. 그런 면에서 노트도 어쩌면 작품이 아닐까 싶다. 노트의 콘셉트와 디자인 안에 내 가치관을 담았기 때문이다.

비록 내가 만든 노트가 상업화되기는 힘들더라도 아직
은 지금의 방식을 유지할 생각이다. 다수의 말을 따라 판단
하고 행동하는 일은 여전히 체질에 맞지 않는다. 아트지와
모조지 등 대중적인 종이가 인쇄기에서 반복적으로 움직이
는 모습을 보면 따분해질 때도 있지만, 다양한 색상과 재질
의 종이가 즐비한 지류 매장에 가면 숨통이 트인다. 새로운
노트 디자인을 상상하고, 그곳에서 여러 가지 종이를 비교
할 때 즐거움을 느낀다. 사방이 산으로 막힌 오두막집에 살
다가 마천루가 즐비한 도시 한가운데 서서 새로운 경치를
만끽하는 느낌이랄까. 그렇게 나는 나만의 방식으로 인쇄를
배워나가는 중이다.

나	,	지	금	,	종	이				

누구나 보고 싶은 것만을 본다. 다양한 사물, 사람, 환경 속에서 원하는 것만 이해하고 추구한다. 그 편집의 기준이 세상의 잣대에만 따라 정해지면 인생에서 소중한 것들을 놓치기도 한다. 나 역시 브랜드와 유행을 좇고, 다수가 갈망하는 사물을 소유하고자 노력했다. 내가 진정으로 원하는 것을 제대로 알지 못했다. 그 과정에서 생겨나는 불안과 초조를 삶에서 경험하는 자연스러운 감정으로 여겼다.

그러다 우연히 혼자만의 시간을 갖게 되면서 그 불편한

감정으로부터 벗어나고자 노력했다. 그때 나를 도와준 것이 종이였다. 차마 입 밖으로 꺼내기 어려웠던 감정을 나는 종이에 털어놨다. 그 행위가 반복될수록 불안감이 해소됐고, 감정이 안정적으로 변했다. 나의 모습을 있는 그대로 인식하는 게 우선이었다. 가난한 나, 무기력한 나, 실패한 나, 소심한 나. 종이 위에 그런 나의 모습을 거침없이 기록했고, 그러면서 내 특질을 발견했다. 이해하지 못할 지금 내 모습의 근원을 과거의 기록에서 유추했다. 여전히 간직하고 있는 종이가 있기에 가능한 일이었다. 어린 시절에 모았던 우표, 상장, 편지 등을 버리지 않은 건 지금 생각해도 매우 감사한 일이다.

내 삶의 배경 또한 내가 종이에 가까워질 수 있는 계기가 되어주었다. 인쇄소 집 딸로 태어나서, 기계 위에서 움직이는 수많은 종이에 활자가 입혀지고, 그것이 책이라는 개체로 재탄생하는 것을 보며 자랐다. 어렴풋하게나마 사양산업의 상징이 된 종이를 인쇄하는 공간과 그곳에서 땀 흘리는 사람들의 소중함을 알았다. 나를 성장시킨 그곳은 이제 내 삶의 터전이기도 하다.

내게 종이는 여전히 세상에서 제일 흥미로운 탐구 대상이다. 모든 공간에 존재하는 종이는 저마다의 가치가 있다고 믿는다. 나는 종이 위에 감정을 기록하면서 하루의 의미를 발견하고, 책을 읽을 때 손에 닿는 종이의 감촉을 즐긴다. 내게 다가온 종이는 그 쓸모를 다할 수 있도록 재활용한다. 도처에 널려 있는 종이를 소재로 창작을 하거나, 누군가의 창작물을 구입한다. 앞으로도 종이는 내 삶에서 지속적 연관성을 갖고, 새로운 나를 만들어갈 촉매제가 될 것이다.

종이에 자신의 감정을 기록하고, 과거의 종이를 살피고, 취향에 맞는 종이를 모으고 만지는 일은 누구나 손쉽게 시도할 수 있다. 이 소소한 작업에서 누구나 자기 안의 다양한 감정을 어루만지고, 새로운 취미를 발견할 수 있다. 아날로그적 사물로 인식되는 '종이'를 활용해 자신의 내면을 들여다보고 삶의 의미를 찾을 수 있는 사람들이 좀 더 많이 생겨났으면 좋겠다.